海水摇曳成火

劳伦斯诗歌精选集

D.H.Lawrence

［英］D. H. 劳伦斯 著 ［澳］欧阳昱 译

四川文艺出版社

目录

农场的爱

孤居是我的命

大象慢慢地交配

情　歌

太多的水果来自玫瑰

海水摇曳成火

在她们白色的肌肤上

耶稣从前不是耶稣

战争和抽象的恶

永不失败的死亡

农场的爱

累得像狗

要是她能来我这儿多好
　　此时，收割后的刈痕
　　宛如熠熠闪光的小道
通向太阳，而燕子的飞行
在夕阳上切割出清晰的剪影！要是她能来我这儿多好！

要是她能此时来我这儿，
趁着最后割掉的蓝铃花还没死掉，
趁着那簇野豌豆还烧得绯红！
趁着所有的蝙蝠从枝头掉落，
到夜间乘凉，要是她能此时来我这儿多好！

马已卸鞍，喋喋不休的机器
终于歇息。要是她能来
我们就可以从山眉上取来干草
堆成垛儿，一动不动地躺在里面，一直躺到
绿色的天空不再悸动，活泼泼的光泽也已尽消。

我好想倒进

干草堆，把头搁在她膝上，
死静死静地躺着，听她
在我头上安静地呼吸，星星的
庄稼默默地成长。

我好想躺着，一动不动，
好像死了一样，同时感觉到
她的手在偷偷
抚摸我的脸和头，直到
我的这种疼痛，也已尽消。

樱桃抢犯

长长的黑色树枝下，宛如东方少女
　　秀发上的红色珠宝，
挂着一串串鲜红的樱桃，仿佛
　　每一缕卷发下，都滴着鲜红的血液。

闪闪发光的樱桃下，三只死鸟收拢
　　翅膀躺着：
两只淡白胸脯的画眉，一只黑鹂，三个小偷，
　　染得一身鲜红。

一位少女靠着干草垛站着，望着我笑，
　　耳边挂着樱桃。
她请我吃那猩红色的果实：我倒要看看
　　她还会不会流出泪滴。

黄昏

黑暗从大地冒出

    燕子斜着飞入苍白的西天。

孩子们的欢笑，从干草垛那边传来。

    古旧的书本已经暗淡下去。

夜晚泌出了馥郁的香气，

    一只月蓝色的蛾子一掠而过。

俗世一日的唯一意义，

    已经虚掷，宛如谎言。

孩子们放弃了玩耍，

    薄纱般的光线中，一颗孤星

在闪烁：日子的垃圾

    已从眼中消失。

小船上

看看星星吧，爱人
在水中的星星，远比在头上的
更清晰、更亮，也更白
就像白睡莲！

星星的影子闪着光，爱人：
你碗里有多少颗星星呀？
你灵魂里有多少个影子呀？
只有我的吗，爱人，只有我的吗？

我摇动双桨时，你看
星星是怎样摇晃
扭动，甚至失落的！
就连你的星星也是这样，看见了吗？

可怜的水
溅起了星星，水被弄乱了、被遗弃了——
天空没有晃动，你说，爱人
天上的星星站着不动。

那儿！看见了吗
那个火星朝我们飞来？
就连在空中的星星都不安全！
星星在空中都不安全！
那我呢，爱人，我呢？

那么，爱人，假如你的星星
很快就被摇落到水波上怎么办？
黑暗会不会看起来像坟墓？
你会昏过去吗，爱人，会吗？

被彻底遗忘

醒来后想你，多么痛苦！
　　醒来后心缩紧了
把嘴凑过去，想吻你！

这么说，终于黎明了，农场的
　　铃声在响！我没法说清
为什么看着这房间，感到困惑。

在下雨。顺着半明半暗的道路
　　四个劳作的人走了过去，带着长柄大镰刀
十分沮丧的—— 一个肩负重荷的猎人走了过去：

一杆步枪，一头团着身子的鹿，四只小脚
　　被束了起来，已经死了。——而这就是
我要黑夜撤退的黎明！

晨间劳作

劳作的人结成一帮，在湿湿的木料垛上干活
木料在路轨旁闪着血红的光芒
好像从早晨的蓝色中凭空造出了
某种美好的仙境，梭子在滑动

他们的手和脸颊似金红色的线轴，这儿一缠
那儿一绕，穿过日子晶莹的
框架：在天蓝色的矿穴口响亮地轮唱
边干活，边大笑，游戏一样的，劳作

农场的爱

窗边，金色的光线中，
是谁的黑暗大手在抓握？
光线一路编织着穿过晚风
　　撩拨我心的欢愉。

啊，原来只是树叶！但在西边
我看见一抹红色，突然进入
黄昏焦虑的胸脯——
　　原来是爱情的伤口回家了！

忍冬树丛随处攀缘
低声唤着，她的情侣：
　　这被阳光照耀的调情老手，一整天
　　都耍地悬挂在她唇上
　　在一个个地偷吻，浅薄而又放浪
　　的花粉，此时已经走了——
　　　　她向蛾子求爱，以她甜蜜的低语。
而当他的蛾翅在她头上盘旋，
她会袒露明亮的胸怀
把蜜滴献给情侣。

下面有个男人在漫步

走进黄色的夕晖之中。

他倾斜着身子，看了看低矮的棚屋，

燕子在那儿，倒挂着她的婚床。

　　鸟儿暖暖地靠着墙。

　　她受惊的眼睛朝他

　　飞快地瞥了一眼，便把小脑袋

　　转了过去，热烈地展示了一下

　　脖子上的红斑。她因恐惧而身子一摆

　　从温暖忙碌的圆形鸟窝中脱身而出，

　　飞走时能听见她的哀鸣，

　　蓝色腰身一躬，便飞出猪圈，

　　飞入黄昏空荡荡的庭院。

啊，灯芯草边的水鸡，

把你少见的羞红藏起来吧，

迅疾的尾巴别动，像死一样静静地躺着，

距离重叠，遮住他的步痕！

兔子的耳朵向后竖起，

痛苦的清澈眼珠向后看去

身子蹲伏起来，跟着便一跃而起，

因害怕他的到来而冲出。

钢丝圈挡住了她，

扼杀了她发疯的举动：

　　一只恐惧悸动的可怜棕色球体！

啊，很快，她就死在他坚实的大手之中，

他甩开大步走着，她也跟着松松地在甩！

但他的目光平静而和蔼，

随时都会睁开，闪现棕色的惊奇，

假如他说话而我不回应——

假如他猜出我会流下泪滴。

我听见他把手放在门闩上，我从椅子里站起，

眼看着门被打开。他微微一笑，

亮出强力的牙齿，他微微一笑，

亮出他的眼睛，仿佛已将我击败，然后漫不经意地

把兔子轻松地扔在桌板上，

朝我走来：啊！他的一只手

像刀剑一样举起来，直指我胸！啊，他的一瞥

像宽宽的剑刃，要我欢呼

他的到来！他用手把我的脸别向他，

用手指抚爱我，手指上还留有兔子

皮上的狰狞！上帝，我被捕于陷阱！

不知道缠住脖子的是什么样的细铁丝！
只知道我由他在那儿用手指摸着
我生命的脉搏，让他像一只白鼬吸嗅，
尽情吸嗅，直到开始喝血。

他的嘴下来了，要挨到我的嘴！他明亮的
黑眼睛看住了我，头巾一般
罩住了我的大脑！他嘴唇接住了我的嘴唇，洪水般的
甜火横扫了我，以致我靠着他
而被淹没，死去，死也觉得值。

最后几小时

橡树摇曳的树荫
落在我身上，我躺在深深的草丛中，
草拔地而起，一根接一根的草刃，
仿佛钩针编织的教堂尖顶，又像摇动的旗帜，
还像野菠菜举起的衣衫褴褛的火焰标灯，
刺穿了苍穹——简直是华丽、绿色的小镇
蔬菜，新鲜得远近闻名。

树梢上方，就像山的上方，
月亮的白光在汹涌，
一朵云上来了，仿佛清泉涌起，
起先是紧压着，圆滚而低矮，但很快就
在圆圆的白色穹顶周围隆起而堆叠。
待在家里多可爱啊
就像小虫，待在草里，
任由生命逝去！

苜蓿的香气从我头发中爬过，
它来自某个富饶的紫色穹顶，

在那儿，那只笨重的蜜蜂，在我头上
几乎承载不了自己的重量，怎么也爬不上去。
就连漫不经心的花朵的芳香，
也没法让时间止步。

下面的山谷，驶往小镇的火车发出怒吼，
我在草丛中听见了吼声，
嗨，它把我正在缩短的锁链的链条
往南方拖去！

冬天的故事

昨天，田野散播着雪，只是一片灰色
而此时，就连最长的草叶，也几乎浮现不出
但她深深的脚印，却在雪上留下痕迹，一直
延伸到小山白色边缘的松树那儿。

我看不见她，因为雾气苍白的围巾
遮没了黑暗的森林和暗橘色的天空
但她还在等，我知道，又冷又不耐烦，还在抽泣，
挣扎着叹了一口冷若冰霜的气。

她想必知道，不可避免的告别正在迫近
那她为什么还在这时这么快地到来？
小山很陡，我的脚步在雪上走得很慢——
既然她知道，我要跟她说什么，为何她偏在这时到来？

割草的青年

四个男人在伊萨尔河边割草
我能听见他们一下下挥舞长柄大镰刀的唰唰声，四个人
急促的呼吸：是啊，我
对即将发生的事情感到歉意。

四个割草人中，第一个男子
是我的，我要一劳永逸地占有他。
尽管我有歉意，他年轻的脚站着，并不知道
他被引向的是何种麻烦，又该如何去阻止。

他看见我送来晚饭，他抬起头
骄傲得像一头鹿，从肩膀高的玉米地里
向外张望，又把他镰刀的
刀刃擦得雪亮，从钩子上

取下磨石，越过玉米茬，向我走来。
小伙子，你让我怀上了孩子
少年，你必须成为男子
尽管我，是啊，感到很抱歉。

孤居是我的命

空白

此时，我是一个空白，这我毫不讳言。
感觉上，我就是个空白。
我的大脑相当活跃，目前尚不空白。
我的肉体喜欢吃饭和温暖的阳光，否则就是空白。

我的灵魂几乎空白，精神亦复如此。
我还有点钱，因此我的焦虑也是空白。

对此我无能为力，即使如此我还是空白。
所以我将继续，我空白的生命，直到受到
　　内心某种冲动的驱使
于是我明白，我不再是个空白。

被抛弃而凄凉

房子一声不响，夜已深，我独自一人。

　　　　从阳台上

　　　　能听见伊萨尔河在呻吟

　　　　能看见河水白色的

切口，怪诞奇异，在松树之间，头上是石头般的天空。

一些萤火虫飘过中天

　　　　很小很小。

　　　　我纳闷，不知道

这灭我的黑暗最后终结于何处。

没人爱的男人的歌

世界的空间是浩瀚的，在我之前，在我周围
如果我很快转身，就会吓坏，感到空间把我包围起来
就像人在小舟里，在很清很深的水上，空间令我恐惧
　　令我糊涂。

我看见自己在宇宙中隔绝，在想
我会产生何种效果。我的手在天底下
波动，宛如尘粒浮动，互相分离。

我自己挺住，感到大风在吹
把我像牛虻一样被吹进黄昏，我都不知道
吹向哪里，连我是怎么走的都不知道。

我的身外有那么多东西，我无限
之小，我仔细地走路
为的是立刻失落，那又能怎样？

我如何自我谄媚，才使自己相信
在如此的浩瀚中，我什么都能做呢？
我太小了，在使我飘走的风中，我又算得了什么。

肢解

厚厚的一层雾障，躺在断裂的麦地之上。
我走进深及脖子的雾中，嘴巴紧闭。
越过那边，一个失色的月亮，正把自己烧光。

这夜让我恐惧
我不敢转身。

今夜，我把她一人留下。
他们更愿意我永远离开她。

上帝啊，她与我相互割断的地方
真痛啊！

也许她会回英格兰。
也许她会回去。
也许我们永远分手了。

如果我一直走下去，穿过整个德国
我会来到北海，也许会来到波罗的海。

在那边是俄罗斯——奥地利——瑞士——法国，
形成一个圆圈！
这儿，我走在巴伐利亚的雾中。

我心很痛。
在那遥远的地方，英格兰或法国
对她来说算什么，不过一个名字罢了。
我不在乎这座大陆如何延伸下去，海很远很远
我心为她疼痛
恍如四肢割断一样疼痛
甚至都不是渴望
而仅仅是疼痛。

一个残废！
上帝啊，我要被肢解了！
要成残废了！

要是我再也见不到她了呢？
我想，如果他们这么跟我说的话
我会让天空恐惧得痉挛。
我想，我会改变我疼痛中事物的框架。
我想，我会用我的心砸碎制度。

我想，天空在我的痉挛中会支离破碎。

她也难受。
但如果她违逆他们而选择我，谁又能阻止她？
她最终还是未选择我，她悬置了她的选择。
夜晚的氏族，达那神，黑暗的神祇，控制了她的睡眠
壮美的黑暗幽灵，乘她熟睡之机，带走了她的决定
不给她留下选择，让她在我的注视下堕落，让她
生命黑暗的神祇啊，成为夜的权力。

窗边

松树弯腰，听秋风之声，秋风骂了
一句什么，黑杨树笑得歇斯底里，浑身颤抖起来
缓缓地，时间之屋把东边的窗帘关上了。

在山谷的深处，密集的墓碑渐渐隐退
雾气像灰色寿衣，缠绕着它们，让它们暗淡，这时
暮色中的街灯突然开始流血。

叶子飞落，经过窗前时，对凝视
窗外的那张脸说了一句话，那脸守望着夜，等夜
在窗玻璃上飘出一个意义或信息。

悬念

风从北方而来
把小群小群的鸟吹过
市镇，仿佛飞沫
而一列火车呼啸着前行
跺着脚向南方
冲去，带着飞溅的炼乳般的
蒸汽，从正在暗下去的北方而来。

我不知要去哪儿，像针一样
死死地定住
永远等待
她已自由的消息
但直到现在为止，一直都固定在
她的痛矿中。

醉

太远了，爱啊，我知道
远得无法拯救我，于这条幽灵出没的路
它高高的玫瑰在夜空中
折断、吹起，夜空因负荷着灯光

而弯曲，每一朵寂寞的玫瑰
每一盏金色的孤灯都暴露出
一朵朵花的鬼影，显出
强力，这强力因千朵山楂和

丁香树雪白的花而苍白
白丁香花，显示了失色的夜
滴落在所有金色的避风处
金链花又把它们交回给光。

还显示出山楂花的红，高高地
立在冒烟的夜空
宛若淡血中新鲜湿润的旗帜
从生命安静的搏斗中流出

血，带着爱，带着生命的爱

为了争夺些许食物而流的血

为了吻而流的血，长久地寻觅妻子

求爱于许久之前，许久许久之前

你太远了，我爱

我无法使心情在这场幻影之秀中平复

它夜夜都从上面的路上穿过

然后又回到下面。

*

在长满马栗树的巨大悬崖

　　它的每一边棱缘上稳坐着

一个身体挺拔的小女孩，往下看着我

我看见一个个身穿白睡袍的少女

　　她们越过叶子的边缘往下

偷觑我，仿佛想一跃而下，假如我召唤

　　她们会下到我怀抱里来：

——可是，孩子，你们还太小，不适合我，太小了

　　你们这些小精灵！——

一小札一小札穿白睡袍的小处女

　　会有别的人把你们脱粒的！——
但我看见那儿有朵丁香花，从暗影里
倾身，仿佛一个淑女，编织

　　蒙面的白色
头纱，身体前倾，去捕捉爱人的脸
穿过白色的花头纱

　　优雅地叹了口气。

而另一朵披着紫色纱巾的丁香花
谨慎小心，又大胆放肆地在召唤
以低声而又震惊的馥郁，想知道是谁从黑暗中
跟她打招呼：听见她的声音

　　我没有了力气，滚下一滴软弱的泪水——
噢，还看见那朵金链花熠熠闪光

　　把帘幕拉下
仿佛她会卸下金链，闪烁着

　　白色，站立，脱去了睡袍。

*

头顶花树的选美大会

　　招摇过市，苍白中满是激情
而下面的人行道上，爱

　　也在流动，它的选美比赛则更鄙俗。

路人都是成双作对

　　手挽着手，
半抱不抱的，他们聊着

　　面色木然，相互挨着

　　可我独自一人，沿着这条幽灵出没的路

　　　　犹豫地往家走
　　决不会有一个鲜花怒放般的女人会走着走着

　　　　就走进我的怀抱，还表示欢迎，以她肉身的负荷

　　也决不会有一个马栗花般的少女

　　　　会踮着脚尖走进我房间。
　　任何时辰我都得不到回答。

　　　　孤居就是我的命。

过来人之歌

不是我，不是我，而是穿我而过的风！
一股吹向时光新方向的风。
要是我让它载着我、带着我，要是它能带上我，那有多好！
要是我能敏感、含蓄，啊，要是我能微妙，
成为带翅的礼物！
最可爱的是，要是我能放纵自己，要是这细细的风
能借走我，一路穿过世界的混沌
恍如一把精致的凿子，把楔子般的刀刃插进去
要是我能锋利无比、坚硬无比，像经过不可见的击打
打进去的尖尖楔子
岩石也会崩裂，我们会来看这奇迹，我们会找到
　　金苹果园。

啊，为了让奇迹冒着泡钻进我的灵魂
我真愿做一眼涌泉，一个美好之洞的源头
不会让耳语模糊，不会被搅乱措辞。

敲什么敲啊？
夜里敲门敲什么敲啊？

有人想伤害我们。

不，不，是三个陌生的天使。
请它们进。请它们进。

无足轻重

一开一合的星星
落在我浅浅的胸脯
宛如池塘上的星星。

软风吹凉
从我胸上舔起
一层层的涟漪。

脚上的暗草
似在把我蘸湿
宛如溪草。

啊，能成为这一切
而不再是我自己
该有多么甜蜜。

瞧啊
我真厌倦了我自己！

哀歌

太阳巨大，呈玫瑰色
一定早已陨落、绝种
在你永远对我闭上眼睛的那个夜晚。

灰色的日子，阴惨惨的黎明时分
这之后，鲜花看起来也像油炸馅饼——
日子令我疲倦，以其炫耀和巴结。

还好，你把夜晚留给我
黑暗而闪烁的大窗
一个气泡，为这空虚的生存镶了一道亮边。

还好，在浩瀚的空洞中
我的魂魄像一息呼吸，在气泡中
旋转，擦刷着星星，它掠过界限
　　像只燕子！

我可以看透
气泡状夜晚的薄膜，一直看到你的所在。
透过薄膜，我几乎可以触摸到你。

无穷的焦虑

白霜在太阳下碎成粉末
　　列车的卷曲蒸汽
在空中消融，此时，两只黑鸟
　　又从窗边一扫而过。

沿着空空的道路，
　　一只红色的电报自行车在接近，我在
焦虑的融雪中等待，等那男孩
　　在我们的大门边跳下来。

他已经从我们这儿走了，但我胸中
　　开始有如释重负的感觉吗，
还是更深的郁结之感？因为我知道了她
　　还是没有休息。

恶心

最后一缕蚕丝般飘浮的思绪，从蒲公英的茎秆上消失，
茎秆之肉举起一顶空茫的王冠，又有什么意思。

就这样，夜的洪水之风把我最后的欲望，从我身上掀起，
我空洞的肉体在夜中站立，全是虚的。

我站在这座山上，前面是发白的城市洞穴，
身边是这位海伦，我是空茫，我什么都不是，首当其冲地

承受头顶的夜空，宛若一只巨大无边的睁开的眼睛，
一只猫张大的瞳孔，闪耀着小小的星星，
就像在遥远的恶意中闪光、饶舌的思想，
如此遥远，不可能触摸到我，而现在，什么都无法
把我损伤。

在我面前，是的，在上面的黑暗中，两座市镇的灯火在涌动，
就像呼吸，从一头巨兽的鼻孔往上冲去，
那巨兽蹲伏在地球上，一有需要，就准备越过空间，
从高高的天空充满敌意地向那只猫扑去

在我周围的上上下下，夜晚的双重意识在咆哮，
声音一刻不停地起落，仿佛大脑中的思想风暴，
掀起、落下，长长的喘气声穿过闸门，仿佛沉默
倾泻着穿过不可见的脉搏，缓缓地，充满了夜晚黑暗
的静脉。

夜广大而恐怖，但对我来说不值一提，
不如说我什么都不是，在欧石楠的皮毛中，宛若
一只空荡荡的蒲公英茎秆，失去与其他事物的联系，
在世界和天堂之间
赤裸裸的，小而无，一起相处的两只充满敌意的动物。

我独处世界的皮毛中，但这个海伦就在近处！
今夜我们互相仇恨，仇恨，我和她
堕入麻木和虚无。我死了，她拒绝死
这个女人，她的毒汁比"杀"更能致命，
更能麻木人、能无效人。

神秘

现在我完全
是一碗吻
埃及苗条的
女信徒就是这样
为了绝对的神圣
而把碗装满了吻。

我把一碗吻
向你举起
穿过寺庙
蓝色的深处
我以狂野的拥吻
向你呼喊。

情热也滑向
我嘴唇
亮红的边缘
移动的赞美歌声
顺着我苗条白嫩的肉体

向下滴沥

我还是在
祭坛前
颂扬这碗
满满的吻，向你
呼唤，要你躬身
喝吻，至高无上的人。

啊，把我喝干吧
喝进你的
杯中
仿佛一个神秘
仿佛依然高潮的
葡萄酒。

依然在狂喜中
闪烁
你和我
一起溶到葡萄酒中
合二为一，充满、充盈
这神秘。

罪人

大山坐在下午的光线中
　　　影子坐在大山的膝头
蜜蜂喜悦地在野百里香中翻滚。

我俩坐在小红莓中
　　　岩石缝如此
之静，在蒸馏我们的记忆。

都是罪人！奇怪啊！犯了错误
　　　撞在我身上的蜜蜂，大笑着飞走。
栅栏上一只松鼠歪着脑袋，不明白

什么叫罪。——看起来
　　　大山
在梦的雪白额头上，并没有投下我们的影子

就像本来应该的那样。它们耸立在我们头上
　　　做梦
永远做梦。甚至让人以为，它们很爱我们。

小红莓脸挨脸

两只大蜻蜓在摔跤

你，你的额头依偎着

我，一座座明亮的山峰紧挨着。

给你一首情歌！——啊，要是

世界上

没有芸芸众生，我们再少一点孤独，该有多好！

忧伤的青年男子

二十岁的忧伤青年男子
以为，逃避忧伤的唯一出路，就是通过女人
但周围到处是女人，却找不到你要的那个。

你为何意识不到
没人愿意要你?
你现在这个样子，没有女人要你
即便要你，那当然也是因为迫不得已。

女人跟你一样，也关在笼子里面。
她们一看见你，就像看见笼中的猴子。
你怎么可能期望，她们会要你?
反正她们不想要你，要也是出于迫不得已
或者是因为你已改变。

孤独

人们抱怨说孤独时，我从不知道他们在说些什么。
能够孤独，是人生的一大乐趣，能想自己的心事
能做自己小小的工作，能看见更远的世界
能在与万物中心根深蒂固的联系中
体会自己不被打扰的感觉。

大象慢慢地交配

黄昏的母鹿

我穿过沼泽地时
一头母鹿从玉米地蹿出
闪电般跑上山坡
把未满周岁的小鹿留在身后。

地平线上
她转过身来看着
在天幕上
刺穿了一个黑斑。

我看了看她
感到她在察看
我成了一个奇怪的生物。
不过，我有权与她相伴。

她灵快的影子，循着
地平线一路快跑，她
仰起优雅、平伸的鹿头。
而我，是认识她的。

是啊，作为雄性，难道我的头不也是平伸着、长着鹿角？

难道我的腰腿，不也轻松自如？

她不也是跟我一起，乘着同样的风在逃逸？

我的恐惧不也是，遮盖着她的恐惧？

夜落陷阱的野兔

你干吗像那样挣扎不休，
小兔子？
我干吗要握住你的喉头，
小兔子？

是的，就缩在我腿间
一动不动。
热乎乎地、活蹦乱跳地、铅重地压在我身上，
重如磐石，消极被动，
但保持温暖，等待着。

你等待什么？
你等待什么？
你热乎乎、沉甸甸的欲望压在我身上，这是什么意思？
你对我怀有一股热乎乎、不可思议的欲望，小兔子。

在不可言说的黑暗中，
你的眼睛闪着火花盯着我，
这是什么意思，小兔子？

最亮的一粒火星，

你直接把它投在我神经的火种上！

它燃起了一场奇异的大火，

一场温情脉脉、最不可原谅的大火，

这堆烽火在我内心越燃越旺。

这不怪我，小兔子。

是你朝我看了一眼

那明亮、着魔的火星

把这场大火引燃。

我不需要这火，

这火炉，这风助火势、火长风威的大火，

它顺着我的手臂向上燃烧，

把它们烧得肿胀，充满不可遏制的力量。

我其实并不愿这样，

并不想使我的十指燃起十朵火苗，

并不希望它们这一刻

贪婪而恐怖。

一定是你大口吸入的欲望
把我吸得热血奔涌，
我必然报答你洞开的可怕的情热。

一定是你心中的欲求，
卷起这股可怕的风，把白炽的火焰
吸入我的血管，仿佛吸入烟囱。

一定是你渴望
在你喉管的热血喷涌中
把莫洛克神黑色的魔指交织在一起。

来吧，你将过个足瘾，
我已通过你奇异的欲火
和你融汇在一起。

蚊虫

你何时开始搞鬼的
先生?

你站在那么高的腿上干吗?
你趾高气扬
细碎的小腿那么长干吗?

你是否想把重心提高
落在我身上时,体重比空气还轻
失重地站在我身上,你这幽灵?

我听见一个女人在水流缓慢的威尼斯
叫你带翅的胜利之神。
你把头转向尾巴,你微笑。

那么单薄纤弱的肉体
像一个透明的幽灵
你是怎么使它充满了那么多的恶行?

奇了怪了，你以薄翅，你以流动的腿
怎么却能像苍鹭一样游翔，又像一股迟钝的气流
你真虚无。

然而，你周围环绕着怎样的光环哟
你那道邪恶的光环，在暗中逡巡，令我大脑麻木。

这就是你搞的鬼，玩你那点肮脏的小魔术：
让人肉眼难以触及，拥有麻醉的魔力
麻痹我的注意力，不知你来自何方。

但我现在知道你玩的把戏了，你这变化多端的巫师。
奇了怪了，你竟然能够在空中潜行、逡巡
转着圈子，躲躲闪闪，把我笼罩
你这个展着飞翅的食尸鬼
带翅的胜利之神。

停下来吧，用你又瘦又长的腿站立
斜眼瞧我，狡猾地意识到，我还清醒
你这尘埃。

我讨厌你斜着飞入空中的样子

你已经读懂我恨你的思绪。

那就来吧，让我们玩玩无意识吧
看谁能赢得这场虚张声势的狡猾游戏。
人，还是蚊子。

你不知我还存在，我也不知你还存在。
那好了！

这是你的王牌
这是你可恨的小小王牌
你这尖刺的邪神
让我的血液突然涌起对你的仇恨：
在我耳中吹响的，是你小而高亮的仇恨号角。

你干吗这么做？
这项政策肯定糟糕透顶。

人家说，你是没办法而已。

如果是那样，那我就有点相信天意，它一定要保护无辜。
但这听起来太让人吃惊，像是一个口号

一声凯旋的号叫，你趁机袭击了我的天灵盖。

血、红血
超魔力的
禁酒。

我看见你
在湮灭中痉挛了一刻
达到淫荡的高潮
吸的是活血
我的血。

这么沉默，这么心醉神迷，而且带着悬念
这么暴饮暴吸
这么猥亵地非法侵入。

你踉踉跄跄
尽可能地如此。
只有你可恶的毛发丛生的纤弱身体
你自己无可估量的失重
才能救你，让你乘着我抓空的怒气
　　　　而飘走。

唱着嘲笑的赞歌而飘走

你这振翅的血滴。

你这展翅的胜利之神

我能否追上你？

是否只你一个，我就嫌太多？

我能否蚊虫到足够的地步，而足够蚊虫你？

奇了怪了，我被吸血了，好大一块血迹

就在你留下的极为细小的瘢痕边！

奇了怪了，你消失进去的那个溃痕有多么暗淡、多么黑暗！

蝙蝠

黄昏时分，坐在这个露台上
西边的太阳，从比萨那边，从卡拉拉山
　　那边
离去，世界吃了一惊……

当佛罗伦萨疲倦的花在周遭
　　闪亮的
棕色山峦下堕入暗影……

当一道绿光在韦基奥桥桥拱下
逆着流水进入，从西边闪闪而来
逆着晦暗的阿尔诺河的水流……

抬头看吧，你会看见有东西在飞
在日与夜之间飞
燕子带着卷卷黑线，在把阴影
　　缝合。

画着圆圈俯冲，在桥拱下形成一个快速的抛物线
光线从那儿推入

一个东西突然自己在空中旋转起来
在水面点了一下。

你就在想：
"燕子飞得如此之晚！"

燕子？
黑暗的生命在空中绕圈
却又找不到纯粹的圆圈……
抽动了一下，啁啾了一声，飞行中突然弹性地震颤了一下
锯齿形的翅膀砥砺着天空
像手套，冲着光线扔起来的黑手套
又掉了回来。

绝对不是燕子！
是蝙蝠！
燕子都不见了。

在摇摆不定的那一刻，燕子在韦基奥桥边
让位于蝙蝠……
在换岗。

蝙蝠，令人有一种头皮发麻的不安之感

蝙蝠在头顶俯冲！
发疯地在飞。

蝙蝠[1]！
黑色的风笛手，吹着极细的风笛。
小小的肿块，在空中飞，发出模糊的声音
　　带着野性的报复心。

翅膀像伞的横条。

蝙蝠！

这些小东西，睡的时候，把自己倒挂
　　像旧抹布
倒挂的样子很恶心。
倒挂起来很像一排排恶心的旧抹布
睡着了还咧嘴笑。
蝙蝠！

在中国，蝙蝠是幸福的象征物。

但不代表我的幸福！

---

[1] 原文为"蝙蝠"的意大利语 Pipistrello。——译注

蛇

在热而又热的一天，我为了抵挡炎热而穿了一件睡衣
一条蛇来到我的水槽边
在那儿喝水。

在巨大黑暗的角豆树深邃而散发异香的阴影中
我提着水罐，走下台阶
我必须等待，必须站着等待，因为它已先于我
　　来到水槽边。

它从幽暗土墙的一道裂隙中爬下来
缓慢地拖曳着自己棕黄色的柔软腹部往下爬，越过
　　石槽的边缘
把脖子憩息在石头底部
在水龙头滴水，滴成一片小小的清亮的
　　地方
它直着嘴巴啜饮
轻柔地喝水，穿过它直直的牙龈，进入它缓慢的长长的身体
一声不响。

有人先于我来到我的水槽。

而我，像后到的人，在等。

它把头从饮水处举起，像牛

犹豫不决地看了看我，像饮水的牛

吐了吐嘴里的叉舌，思索了

　　片刻

俯身又饮了一点

因来自大地燃烧的腹腔而呈土黄色、土金色

在西西里的七月，埃特纳火山还在冒烟的这一天。

我受过教育的声音对我说

必须杀死它

因为在西西里，黑而又黑的蛇是无毒的，而金色的蛇

　　剧毒无比。

我心中的声音说：如果你还是男人

那你就去拿根棍子，把它打成两半、结果了它。

但我必须承认，我有多么喜欢它。

它像客人一样静悄悄地来了，来喝水

　　在我的水槽边

然后安安静静，即使受到抚慰，也一点不感恩

然后回到大地燃烧的腹腔里去，我有多么高兴？

我不敢杀它，是否因为懦弱？
我渴望与它交谈，是否因为变态？
我感到不胜荣幸，是否因为谦卑？
我感到如此荣幸。

然而这些声音又在响起：
如果你不害怕，你就应该把它杀死！

我真的害怕，我太害怕了
即使如此，我还是感到更荣幸
因为它竟然从秘密大地的暗门而出
来我这儿寻求款待。

它喝饱了之后
便做梦一样抬起了头，像饮水者那样
舌头伸出来晃了一晃，像空中的夜叉，如此之黑
似乎还舔了一下嘴唇
神祇般环视了一下四周，什么都没看见，望了望空中
慢慢转过头来
慢慢地、非常缓慢地，仿佛做着三重的梦

开始拖着它缓慢的长身绕弯过来

再度爬上我那面墙的断壁。

随着它把头钻进那个可怕的洞中

随着它慢慢地缩起身子，蛇样地放松肩头

　　　更深地钻入

某种恐怖之感，某种抗议之情席卷了我

　　　不想让它撤退

回到那个可怖的黑洞中，不想让它蓄意地钻进那黑色，

缓慢地

　　　缩进身子

不想要它背离我而去。

我环视周围，放下水罐

我捡起一段笨拙的木头

"砰"的一声，朝水槽砸去。

我想，东西并没击中它。

但突然，它留在外面的那段身体痉挛起来

　　　匆忙得失去了尊严

闪电一样扭动了一下，便钻进黑洞

消失不见，穿过墙面那道张开土唇的裂隙

我在强烈而阒静的正午，入迷地盯着那个地方。

立刻就后悔了。
觉得我这个行为太可鄙、太粗俗、太小气！
我憎恶自己，憎恶那该受诅咒的人类教育的声音。

我想起了信天翁
巴不得它再回来，我的蛇。

它对我来说，更像一个王者
一个流放的王者，一个阴间未加冕的王者
现在该加冕了。

就这样，我错失了与一个生命之王相识的
机会。
我需要为我的小气而
赎罪。

幼龟

你知道孤独地出生是怎么回事
幼龟!

第一天就从龟壳里把脚一点点抬出
还没全醒
在地上保持停顿状态
尚无活气。
一粒脆弱的、有气无力的小豆豆。

张开你小小的鸟喙般的嘴,看上去好像永远都张不开
仿佛一扇铁门
把上面的鹰喙,从下面那一片上掀开
把你瘦骨嶙峋的小脖子伸出去
冲着某段暗淡的草本植物咬下第一口
你这孤单的小昆虫
小小的明亮的眼
缓慢的东西。

咬下你寂寞的第一口

慢慢地、寂寞地游猎。
你亮亮的小黑眼
你骚动的黑夜的眼
在缓慢的眼睑下，小小的幼龟
太不屈不挠了。

从无人听见你抱怨。

你把头向前伸去，缓慢地，从你小小的皱褶处伸出
缓慢地拖曳着身子向前，迈着四只小足
划船般地慢慢前行。
去哪儿呢，小鸟？
颇像婴儿动着四肢
只是你的进步缓慢而永恒
而婴儿没有这样的进步。

阳光的抚摸令你激动
漫长的光阴，以及逗留不去的寒意
使你暂时停下，打了一个哈欠
张开你无法穿透的嘴
突然现出鸟喙的形状，张得非常之开，好像一把突然
　　张开的镊子

软软的、红红的舌头，坚硬、薄薄的牙龈
跟着就合上了你小山前面的楔子般的嘴
你的脸，幼龟。

你用寡言少语的黑眼
在皱褶中慢慢转动
　　头颅时
会对世界感到诧异吗？
还是睡意又袭上了你
你这个非生命体？

你太难醒来了。

你有诧异的能力吗？
你以不屈不挠的意志力和第一次生命的骄傲
环视四周
慢慢抵御惯性
是否因此而显得不可战胜？

浩瀚的无生命体
你小小眼中有灿烂辉煌
好一个挑战者！

不，小小的带壳的鸟

那是你必须与之对抗的，多么浩瀚的无生命体

那是多么无法计算的惯性啊。

挑战者

小小的尤利西斯 [1]、先驱。

比我拇指指甲盖大不了多少

一路走好 [2]！

你肩上扛着所有生命的创造力

前行吧，小泰坦，背负着你的战斗之盾。

笨重、占优势的

无生命的宇宙

而你在缓慢地移动着，你这个孤独的先锋。

此时，你多么生动地在刺眼的阳光中旅行

[1]　指希腊神话传说中的人物。罗马神话传说中称之为尤利塞斯或尤利克塞斯。是希腊西部伊塔卡岛之王，曾参加特洛伊战争。——译注

[2]　原文为"一路走好"的意大利语 Buon viaggio。——译注

简直是一个斯多葛式¹、尤利西斯式的原子

突然匆忙起来，不顾一切脚尖踮起。

无声的小鸟

头从皱褶中半露着休息

在你永恒停顿的迟缓尊严中。

单独地，但没有感觉到孤单

因此六倍的寂寞

满足了迟缓的热情，穿过

     远古的光阴

你小小的圆形房子，在混沌之中。

在花园泥土的上方

小鸟

在一切的边缘上方。

行者

你尾巴在一边微微收起

---

¹ 指斯多葛主义，又称斯多葛学派，是古希腊的四大哲学学派之一，
也是古希腊流行时间最长的哲学学派之一。——译注

仿佛穿长大衣的绅士。

你的肩上扛着所有的生命
战无不胜的先驱。

龟壳

十字架、十字架
进入之深，超出我们所知
更深地进入生命
直接进入骨髓
穿透骨头。

沿着幼龟的脊背
鳞片在拱处锁起，像桥
鳞片拍打，像龙虾的鳞片
又像蜜蜂。

跟着，沿着两边互相交叉的
是虎纹和黄蜂的斑线。

五条，再五条，又五条
边缘处，还有二十五小条
那是幼龟龟壳的横断面。

四条，以及一块拱顶石

四条，以及一块拱顶石

四条，以及一块拱顶石

跟着又是二十四条，以及一块小小的拱顶石。

它需要毕达哥拉斯来看看，生命是如何在幼龟

　　活生生的

脊背上玩筹码的

生命确定了第一张永恒的数学表格

不在石头上，像犹太君王那样，也不在青铜上，而在

　　被生命笼罩、生命般玫红的龟壳上。

第一位小小的数学绅士

迈着步，一个极小的虫子，穿着松垮垮的裤子

上面是永恒的数学法则的穹隆。

五条、十条

三条、四条、十二条

所有彻底转变的小数

十二的旋转木马和七的尖峰。

把它倒翻过来

这踢踢蹬蹬的小甲虫

又来了，贴着它的嫩壳、贴地的肚皮
长长的分切口，像永恒的十字架直立
每一边算算都是五条
每一边，上面两条，每一边，下面两条
黑色斑条是垂直的。

十字架！
直接穿过它，这个奋力挣扎的小昆虫
穿过它十字交叉劈开的灵魂
穿过它五重的复杂天性。

再把它肚皮朝下翻过来
四个针尖般的脚趾，以及有问题的拇指指块
划动的四肢，以及一个楔子一样平衡的头
四加一等于五，它就是一切数学的线索。

主把这一切都写在幼龟小小的
　　用于书写的石板上。
里面是向外的、可见的、有计划的
个别生物复杂而多样的显示
在这只小鸟的这个基底上
展开

所有创造物的

这个小穹隆、这堵山墙

这个缓慢之物。

乌龟的呐喊

我以为他是哑巴，
我说过他是哑巴，
然而我听见过他叫喊。

第一声微弱的尖叫，
发自生命深不可测的黎明，
遥远而又遥远，像一种疯狂的情绪，在晨光熹微的地平线下，
遥远，十分遥远，遥远的尖叫。

临终的乌龟。

为什么把我们钉在性欲的十字架上？
为什么不让我们像初生时那样，
像他初生时那样，绝对孤独，
以自我为终极，臻于完美？

一声遥远的、若隐若现的尖叫，
莫非他直接发自血浆？
比新生儿的哭叫更可怕，

一声尖叫，

一声叫喊，

一声呼喊，

一支赞歌，

一声新生儿的哭喊，

一种屈服，

一切都是那么微弱、遥远，第一个黎明之下的爬行动物。

爬行动物发出战场上的呐喊，凯旋的欢欣鼓舞，死前的
尖叫，

为什么把帐幔撕破？

把灵魂的薄膜撕破，发出撕破绸缎般的尖音，

男子灵魂的薄膜

发出尖厉的撕裂声，一半是音乐，一半是恐怖。

钉上十字架的惩罚。

雄乌龟趴在那只迟钝的雌龟的圆锥壁上从后向里插进，

他张开四足绷紧身子俯卧其上，赤着乌龟的裸体

从龟壳向外延伸，

长脖子，长长的脆弱的四肢仿佛被挤扁，一字形罩在她
的房顶，

深邃、隐秘、无孔不入的尾巴盘绕在她的四壁之下，

伸出，紧张地攫住，再伸出，极度紧张中极度痛苦，
突然，一阵性交的痉挛，交尾的胴体好像在颠簸跳动，
　　啊！
挺直的脖子缓和了绷紧的面容
从他那张有裂口、粉红色、宛似老头的嘴中
发出那声微弱的呼喊，那声尖叫，
格外清晰，
不是幽灵，
胜似幽灵在圣灵降临节上的尖叫

他的尖叫，他的骚动于瞬间平息，
那是永恒沉默的瞬间，
但尚未发泄，那瞬间一过，令人惊异的性交痉挛
　　倏然而至，与此同时
那声无法形容的微弱的呼喊——
就这样一直下去，直到肉体最后一滴血浆融化，
回到了生命的原始根基和那古老的秘密。

他一边抽动，一边尖叫，
那微弱的仿佛撕裂般的尖叫一遍遍传来
每痉挛一次，就有一次较长的停顿，
那是乌龟的永恒，

年深月久，爬行动物的耐力，

心脏的跳动，缓缓的心脏的跳动，耐心地等待下一次爆发。

记得我小时候

曾听见一只青蛙的尖叫，它有一只脚被一条突然蹿出的蛇咬

在口里；

我记得第一次在春天听见一片牛蛙合鸣的声音；

记得我听见一只野鹅的叫声从深夜的喉中飞出，

在湖水的那边，大声呼唤着什么；

我记得第一次听见一只夜鹭从黑暗的灌木丛中

发出尖锐刺耳的啼叫

     嘈嘈的声音令我的灵魂惊奇到

     最深处；

记得一天午夜我穿过一片森林听见一只野兔的尖叫；

记得小母牛发情时，一小时又一小时地哞哞叫着，

那个犟劲儿，打都打不跑；

记得第一次听见神秘、多情的猫儿叫春，令我毛骨悚然；

记得我还曾听见一个产妇的叫声，有点像猫头鹰的咻咻叫声，

这声音把一匹受惊又受伤的马

吓得闪电一般跑开，

发出一声长嘶，

我心中仿佛在倾听小羊羔的第一声咩叫，

婴儿的第一声啼哭，

我母亲独自唱歌的声音，

第一位男高音歌唱一个早已喝酒致死的年轻矿工

　　热烈的歌喉，

野性的黑唇上

说出外语中第一个重要的词句。

比这一切更为重要，

比这一切更不重要的是

这只雄龟处于终极状态时

发出的最后一声

奇异的，微弱的性交喊叫，

从生命遥远地平线最遥远的边缘之下发出的微弱之声。

十字架，

首先压碎我们沉默的轮子

性欲，它打破了我们的完整，我们个人不可侵犯的权利，

　　我们深深的沉默，

从我们体内撕开了一声叫喊。

性欲，它迫使我们发出声音，越过深渊一声声呼唤，

　　试图弥补不足，

唱着歌儿呼唤又唱着歌，终于有了回应，找到了结果。

长久地寻找失去的东西，被撕开，又重新完整，

乌龟的叫声如同耶稣基督的叫声，

如同欧西里斯放纵的叫声，

完整的东西，必被撕开，

不完整的东西，重新在天地宇宙之间寻找它的完整。

蜂鸟

我可以想象，在某个来世
哑默如远古，远之又远
在那极为恐怖，只有喘气声和嗡嗡声的寂静中
蜂鸟顺着林荫道疾飞而过。

在一切尚无灵魂
生命只是物质在起伏，只有一半活气之时
这小东西是灿烂的一削
它嗖的一声，就穿过缓慢、浩大、多汁的
　　树枝。

我想，当时是无花的
在那个世界，蜂鸟从造物的前面
　　一掠而过。
我想，它以长长的喙，把迟缓植被的筋脉刺破。

也许，它很大
就像人们所说，青苔和小蜥蜴一度也曾很大一样。
也许，它是一个不断刺戳、令人恐怖的妖怪。

我们通过时光的长望远镜的错误一端

　　看它

我们真是有幸。

新墨西哥的鹰

向着太阳，向着西南方
一个烧焦的胸脯。
一个烧焦的胸脯，胸脯朝着太阳，像一个回答
像一个反驳。

一只鹰，在一片矮矮的雪松林的顶端
在鼠尾草般灰色的沙漠上
胸脯反射着阳光的焦灼
鹰，带着镰刀，从高空黑暗地滴落。

挺直，烧焦的苍白色，从雪松的头发中而出
挺直，带着神祇的推力从下面进入他
戴着羽毛手套的鹰
烧焦的白翅
烧黑的翅膀
依然带着火焰般生锈的翅膀
镰刀般横扫，镰刀在滴落，在上、在下。

胸脯阳光者

同时瞪视一右一左两个方向

戴面具者

黑面者

戴着镰刀面具

你两眼之间有铁

你的羽毛手套

一直到脚

凶猛的脚

挺直站立者

神祇的推力从下面稳稳地进入你。

你从不用双眼看太阳。

你只用你灼烧的胸脯内在的眼睛

直视太阳。

你是黑暗的

除了烧焦的苍白的胸脯

黑暗往下劈，武器般坚硬地向下

　　　弯曲

在你烧焦的胸脯

宛如达摩克利斯之剑

鹰钩鼻的鹰。

你已用它在血中浸了无数次

你黑暗的面部武器，把它淬炼得极好

嗜血的鸟。

美国鹰

你干吗如此执拗地直面太阳?

好像你跟他，伟大的太阳，一直有仇：要不就是跟他

　　早就结盟。

你从兔子或淡血之鸟身体中掏出

　　冒烟的红心时

是否会像阿兹台克的牧师把男人的红心举起时那样，

朝着太阳

　　举起?

老鹰

你觉得在美国

太阳还需要热气腾腾的血液吗?

新墨西哥的太阳是否还会像火焰般的食肉鸟在空中

盘旋?

他是否会为了血而尖叫？

他是否会在大草原上扇动翅膀，宛如一头盘旋着的

　　嗜血的鸟？

你是他的牧师吗，

他，印第安人都向往的大鹰？

你们之间是否已经歃血为盟？

你的大陆是否自冰川时代以来就凉着，让太阳

　　依然发怒？

你大陆的血是否还有点爬行动物的特质

让太阳依然贪婪地想要得到？

我不会屈服于你，人面颊的鹰

你和你嗜血的太阳也不会屈服

他不停地吸血

留下一个神经紧张的民族。

飞走吧，后背又大又黑的大鸟。

慢慢飞走，尾巴上带着火焰的锈色

在你黑暗的那边，像你一样黑，天堂之鹰。

即使是天上的太阳，最终也会被男人

心中的生命力所遏制和磨炼。

你，大鸟，盯着太阳不放者，沉重的黑色执法官

作为送去牺牲的鹰，你将从你的公务中被放逐出去。

大象慢慢地交配

大象这头衰老的庞然大物
　　慢慢地交配；
它找到一头雌象，不慌不忙，
　　耐心等待
巨大而羞涩的心中
　　慢慢地唤起情热，
一边沿河闲逛，
　　一边饮水吃草，
随着象群惊慌地
　　冲过树林，
在硕大无朋的沉默中熟睡，一同
　　醒来，寂然无声。

大象巨大而滚烫的心脏
　　缓缓地充满了欲望，
终于，两头巨兽开始秘密交配，
　　把彼此的欲火深藏。

百兽中数它们最年长最聪慧

因此它们终于明白
如何等待最孤独的时机饮宴
美美地饱餐一顿。

它们不爱抓挠，它们不爱撕扯，
它们大量的血液
像月下的潮水，移近，移得更近，
直到汹涌的交汇。

冠蓝鸦

冠蓝鸦头上顶着个冠子
绕着雪中的小木屋走来。
他在雪中跑着，像一块蓝色的金属
背对着一切转了过去。

松树林立，飒飒作响，宛如一根毛发蓬松的云柱
耸立在小木屋的上方
我们，我和这条小黑狗，走近时，那儿传来一声刺耳
的大笑。
于是，这条小黑母狗伸出四爪，在雪地上趴下来
抬头察看那根云柱
有点疑神疑鬼。
树上响起嘲弄的刮擦声：卡乌哇！

这是何方神圣的声音，从烟云般的树上发出？

噢，比伯斯，雪地里的小黑母狗
你傻乎乎的狮子鼻槽里，还有一小撮雪
你看我干吗？

你这么疑神疑鬼地看我干吗？

大笑我们的是冠蓝鸦。

嘲讽我们的是冠蓝鸦，比伯斯。

自从下雪之后，冠蓝鸦

天天都要绕着小木屋踱步，忙忙碌碌，这啄那啄的

把背冲着我们转过去

厚厚的黑冠在雪地里上下浮动，仿佛在阴郁地说：

凡是注意看我的人，我从来都不理。

你这酸蓝色的金属鸟

你这冠子好强的胖鸟

你是谁呀？

你那么霸道，你是谁的老板呀？

你这硫酸铜的蓝鸟！

袋鼠

在北半球
生命似乎向空中弹跳而起，或从风的底下滑过
比如岩地上的雄鹿、刨地的马、轻快的短尾
　　兔。

要不就水平地奔跑，向着地平线冲锋
比如公牛、野牛、野猪。

再不就像水一样向终端滑去
比如狐狸、白鼬、狼、大草原的狗。

只有老鼠、鼹鼠、大老鼠、獾、海狸，也许还有
　　熊
肚子似乎向着大地的肚脐眼垂下。
或许还有青蛙，它们起跳后砰然落下，砰然落下，向
着大地的
　　中心。

但当反足的黄色袋鼠坐起来时

谁能让她离座？她就像一滴水滴，太重，刚刚碰着地。

向下的水滴

向下疾行。

比冷血的蛙密集得多。

微妙的母袋鼠

兔子样地坐在那儿，但硕大、铅垂线般

仰起她美丽的瘦脸，啊！比家兔

　　　　或野兔的脸，线条柔和、细腻得多

仰起脸来，啃食一颗圆而白的薄荷油滴，她就

　　　　爱这种东西，敏感的母袋鼠。

她敏感、纯种的长脸。

她圆睁的对称的眼，如此之黑

如此之大、之静、之遥迢，在沉默的澳大利亚注视了

如此之多的

　　　　空空黎明。

她松松的小手，耷拉的维多利亚肩膀。还有，她

　　　　腰际以下的巨大重量，她庞大的苍白肚子

一只细细的嫩黄小爪挂在外面，一只薄薄的蔓延的

长耳，宛如缎带

像是肚子中央一条滑稽的装饰，晃荡着一只

不成熟的小爪，以及一只薄耳。

她的肚子，她的大臀

还有她尾巴上的肌肉突露的大蟒般的延伸。

在那儿，她不会再有更多薄荷油滴了。

于是，她渴望地、敏感地嗅了嗅空气，转身缓缓地、忧伤地

一蹦一跳地离去。

她腿部下面像雪橇一样又长又平

钢铁般坚硬的蛇形尾巴，舵一样推着它们前行。

又停下来了，半转身子，好奇地回看了一下。

肚子里有个东西很快地动了一动，一张瘦瘦的小脸露出

来了，好像探出了窗口

消瘦、有点沮丧

很快又消失不见，不让世界看见，躲藏

在下面的暖意之中

留下挂在外面的大小不同的爪子的痕迹。

她还在注视，以永恒的、竖起的渴望！

她的眼睛多么充盈啊，宛如澳大利亚黑男孩满盈、深邃
　　闪亮的眼睛

这黑男孩在生存的边缘，失落了多少个世纪！

她注视，以永不餍足的渴望。

不知多少世纪的注视，等待某物来到

等待一个新的生命信号，在南方那个沉默的失落的大地。

那儿，咬人的只有昆虫、蛇和太阳，小小的生命。

那儿，公牛不吼，母牛不哞，雄鹿不叫，豹子
　　不嘶，狮子不哮，狗狗不吠

但一切沉默，只有鹦鹉偶尔鸣叫，在魂魅出没的蓝色
　　丛林里。

渴望地注视，以奇妙的清澈的眼睛。

她所有的重量，所有的血液，顺着袋子坠落，朝着大地的
　　中心

而活生生的小袋鼠，在她肚子的门边，把爪子收了回去。

那就跳跃吧，那就沿着那条线跳下来吧，它通向大地深邃
　　沉重的中心。

小鱼

小鱼在大海
玩得很快活。
又快又小的生命碎屑
它们小小的生命，在大海中
让它们觉得好玩。

蚊虫知道

蚊虫再小，也清楚地知道
它是食肉动物
毕竟，它只喝饱肚子
而不把血存进银行。

自怜

从没见过野兽
自哀自怜。
小鸟冻死，从枝上落下
从未感到过自怜。

蝴蝶

蝴蝶，吹向大海，强力地吹过了花园的墙！
蝴蝶，你干吗在我脚上停下，啜饮我鞋上的土渣
扬起你布满脉络的翅膀，把它们扬起？又大又白的蝴蝶！

已经是十月，风很强，从山丘
吹向海洋，山中想必已落雪，风已被雪
　　　　擦净。
在这长着红色天竺葵的花园，很暖，很暖
但风很强，吹向海洋，白蝴蝶，满足地
　　　　在我鞋上！

你是否会飞走，会从我暖和的房子飞走？
你是否会扬起布满黑点、又大又软的翅膀，爬升
好像爬上看不见的彩虹拱门？
直到风把你从拱门顶吹落
你以陌生的力量振动双翼，向海飞去，白色的斑点！

别了，别了，失落的灵魂！
你已在水晶般的远方消融
我看见你消失在空中，这已足够！

凤凰

你是否愿意被挤干、抹掉、取消
削至于无？
你是否愿意被削至于无？
堕入湮灭？

如果不愿，你就永远也不会真正改变。

凤凰能重返青春
但只是在她被烧毁、被活活焚烧，烧成
滚烫而绒毛状的灰烬之后。
这时，鸟巢中一个新的小家伙，轻轻地动了一动
一缕缕绒毛就像，浮动着的灰
这表明，她也在重振她的青春，就像老鹰
永生不死之鸟。

情歌

爱之冷

而你还记得，下午
海和天都灰了，仿佛世界的
地板上，落下了一层绒毛般的灰土：天空的
花饰垂下来，灰蒙蒙的，宛若蜘蛛的织物
而寒冷堵塞了大海，直到它不再哼唱。

一股潮湿、恶心的气味从野草的
污垢中蹿起，野草弄黑了海岸，令我畏缩
感觉生猛的寒冷好像在向我讨债；而你
老是在滑溜溜的岩石上到处跳起，向我投掷文字，
黄铜般、浅薄谐音的文字。

一整天，那种生猛而古老的寒冷
令我彻底麻木，直到灰色的丘陵沉入木木的睡意中。
这时，我渴望你，披着爱情的斗篷，
把我盖住，把深度的寒冷，从我肉体里
驱赶出去，它侵入我的肉体，并把它攫住。

但对我来说，整个晚上，你都冷，

我则麻木得只有痛苦垂死的疼。
直到旧日把我拽回它们的羊圈，
而暗淡的希望簇拥着我，暖暖的都是伴侣间的情谊，
而记忆紧密地围绕着我，哄闹着唤起睡意。

而我一觉睡去，直到黎明像灰尘吹进窗口，
仿佛棉絮般生冷的灰，从没有扫过的大海
地板上搅起，一种淡灰色的光线就像发情时的分泌物
在我的脸和手上沉淀，直到它仿佛
在那儿昌盛，就像淡色的霉菌在面包壳上开花。

而我在恐惧中起床，恐惧地需要你，
因为我想要你的温热，就像突然喷出的一股血。
我以为我能一头扎进你的鲜活的温热中，完全摆脱
寒冷和分泌物。我把手放在门闩上时
听见你在睡梦中奇怪地跟我说话。

而我不敢进屋，突然感到沮丧。
因此我走了，我在海里洗涤我麻木的肌肤。
回来时很干净，皮肤感到刺痛，但筋疲力尽，感到
寒冷，就像月亮的壳子，但似乎很奇怪的是，
我的爱又可以在温暖中进入黎明了，毫无畏惧的。

梦糊涂了

那是月亮吗？
在窗前那么大、那么红？
房里没人吗？
床前没人吗？

听，她的鞋
心跳般怦怦地在下楼！
——还是鸟翅在那儿的窗边击打？

就在之前
她暖暖地在我嘴上吻了一下。
南边的月亮
也是暖暖的，发出红润的幽光。
来自遥远深渊的月亮
标志着那两下亲吻。

而此时，月亮
被云遮暗，就像产生了误解。
而我的吻正下沉，

缓缓回到血液中，很快
　　就会被潮水吞没。

　　我们都误解了！

结局

假如我能把你放进我的心中
假如我能把你，在我身上裹起来
那我会多么开心啊！
而现在，记忆的
图表又对我铺开了
我们在这儿旅行，我们也在这儿分手。

啊，要是你，你的某些自我
从来都不是我所爱的就好了，要是
我从未见过你的某些面孔就好了！
可你的那几张脸还是来到我面前，然后又走了
在你来去之间，我还大声哭了起来。

啊，我的爱，当我今夜颤抖着想你
再也没有任何疗伤的
希望，也无法回报
你的要求和绝望的全部生活时
我承认，我的某一部分今夜已经死了。

新娘

我的爱今夜看起来像个女孩
　　　但她已经老了
躺在她枕头上的辫子
　　　不是金子做的
而是用银丝编织
　　　寒冷怪异。

她看起来像个少女，她的眉毛
　　　平滑而美丽
她脸蛋非常光溜，眼睛紧闭
　　　她睡着了
睡相迷人、安静、平稳

不，但她睡得像个新娘，梦到的都是
　　　完美之物
她终于躺下，亲爱的，躺成梦境的形状
　　　她死去的嘴巴在这形状旁边
歌唱，仿佛清澈黄昏中的画眉鸟。

沉默

自从失去你，沉默一直萦绕着我，
　　各种声音的小翅膀，一会儿波浪般
起伏，跟着就疲倦地沉落在
　　无声摆动的洪水中。

无论大街上的人是否
　　像滴答作响的涟漪一样走过
无论剧院是否叹气又叹气
　　是否大声而嘶哑地叹气：

风是否在死黑死黑的河上
　　吹散光线，
昨夜的回声
　　是否会使拂晓颤抖。

我感到沉默在等待
　　把所有声音都啜饮起来
在最后的完整中，喝男人的噪音
　　喝得醉倒。

列车上的吻

我看见中部地区
　　　旋转着穿过她的头发
秋天的田野
　　　光秃秃地伸展
牧场上的羊
　　　惊恐地抬起头来。

世界依然像从前那样
　　　继续运转
我的嘴找到了地方
　　　在她筋脉跳动的脖子上
而我的胸脯贴着她
　　　跳动的胸脯

但我的心，在一切事物的
　　　中心，虽然短暂的昏厥
却仍像枢轴一样
　　　就像地球
围着它潜行的轨迹

旋转移动一样。

她肌肤的气味
　　还留在我的鼻孔中
我盲目的脸
　　还在重新寻找她
唯一的脉搏依然在
　　脱粒般地抽打着穿过世界。

世界在欢乐中
　　旋涡般地转动
仿佛托钵僧在跳舞
　　摧毁了
我的感觉和理智
　　理智玩具般旋转。

但我的心坚定地
　　找到了中心
我的心连接了她
　　完美无缺的心跳
就像握着磁铁的人
　　终结了旋转。

闪电

我能感觉出她心脏的颠簸和暂停
　　　就在我胸口边，我自己的心也在那儿跳动
我大笑，就能感到心在急降、跃起
奇怪的是，在我被鲜血横扫的耳朵中，能听到
　　　我不断重复的话语
重复一次就搂紧一次，还能听到鲜血的障眼艺术。

她的呼吸抵着我脖子，热乎乎地飞起，
　　　火焰般热乎，在密不透风的夜气中
而她的肌肤紧贴着我的感觉，是甜蜜蜜的
在那儿，她的膀子和我的脖子正以脉搏相遇。
　　　我就这样抱着她，黑夜把她从我身边藏起来
把所有光斑都抹去，但我在乎吗？

我在黑暗中倾身，去找她的双唇
　　　以一个亲吻，索要她的全部。
这时，闪电闪过她的脸
我在闪烁的一秒间
　　　看见了她，就像雪从

屋顶滑下，死一般倦怠，带着哭腔说："别这样！别这样！"

就那一瞬间，仿佛黑暗中的雪

　　她的脸苍白地抵着我的胸，
苍白的爱在恐惧的解冻中失落，
又在冰冷的泪水中溶化，

　　然后张开嘴唇，悲痛欲绝
一瞬间，跟着，黑暗就关上了神圣方舟的盖子。

而我听见了雷声，感到了雨

　　我的膀子松了，我哑口无言。
我差点恨她了，在牺牲的状态。
恨我自己，恨这个地方，恨结冰的

　　雨，它借着我的怒气燃烧，说：回
家吧，回家吧，闪电已经说得再清楚不过了！

第一个早上

这个夜晚是一个失败

    但干吗不失败呢——？

黑暗中

    苍白的黎明在窗边沸腾

    穿过黑色的窗框

    我无法自由

    无法摆脱过去，别的那些人——

    而我俩的爱很糊涂

    带着恐惧

    你从我身边退去。

此时，在早上

我们坐在小小神龛边的椅子上，在阳光中

看着山壁

蓝影子的山壁

看见草地上，我们脚边

有无数蒲公英的冠毛泡泡

在暗绿色的草中散开

一动不动地卧在阳光中——

这就够了，你在近旁——
山保持着平衡
蒲公英的种子，有一半浸入了草丛
我和你在一起
我们骄傲愉快地，把它们
绑缚在我们的爱情上。
它们在我们的爱情上直立
一切从我们开始
我们是源头。

意识到了

慢慢地，月亮从红扑扑的雾霭中升起
脱去她的金色的衣装，如此一来
就白色而精致地浮现出来，而我惊异地
看见，在我面前的天空中，有一个我不认识
但我爱的女人，她却离去，而她的美伤了我的心
我沿着夜的方向跟随着她，求她别走。

回返

这时，我又回来了，回到你的身边，如此渴望我
回来的你，干吗不看我，眼睛干吗看着别处？
发烫的脸蛋干吗贴着我的脸？你那么生气
嘴都气歪了，我怎么惹你生气的呢？

此时，我坐在这儿，而你在你的琴弓下
终止了你的音乐。音乐断掉了，听起来又那么伤人。
那就停止音乐吧！难道我一靠近，人不在一起时的痛苦
就只能赠予带刺的矜持？

恳求

你，海伦，你看见星星
像一株黑树上燃烧的槲寄生浆果
你看见我是一碗吻
因此一定得用嘴对着我的嘴来喝我。

海伦，你让我的吻精力充沛
却又完全虚掷地钻进夜晚黑色的鼻孔，把我
喝了，求你。你啊你，你是夜晚的酒神女祭司
你怎么能从我的吻碗边抽身而去呢？

被拒

我敲门时，屋里发出空洞的回响
我在门槛边踟蹰，举起手来
敲门，又敲了一次
想听她的脚步走过地板
我心里重新回响起空洞的声音。

悬挂得低低的路灯沿街伸展过去
人们从下面走过
带着啪嗒啪嗒的韵律，脚步声传来
加快了我的希望，很想赶快去迎接
她眼睛中苏醒的笑意。

沿街疲倦的路灯灭了
最后一辆车把夜晚拖曳在身后
而我在黑暗中漫步
带着振翅般的希望和淬火般的疑虑
在我爱情将灭的灯光里。

两匹棕色的马驹缓步而行

在灯光暗淡的马槽前停下喝水

黑暗的货车擂鼓般去向了低低的远方

城市的星星如此暗淡而又神圣

来得更近了，在大街小巷寻找。

一辆车似乎感到羞耻，一扫而过

我看见她躲在阴影里

我看见她一步走到马路牙子上，很快地

跑到沉默的门边，我刚才

还站在那儿，举着手。

她急着进屋，贴紧了门。

进去了，很快地

把门在身后关上，留下一条大街目瞪口呆。

七个印章

既然这是我留你在家的最后一夜
那你来吧，为了你的旅程，我会把你像神一样供起。

我宁愿你不走。不，你来吧
我不会再说什么了。躺下吧
让我长久地爱你，然后你再走。
你还是心里郁闷，缺乏
爱我的意志。即使如此
我还是要用我的唇，在你身上盖印
在每一扇门边安排一个仪仗队员
把每一条渠道封起，你对我的爱
可能从那中间溢出。

        我吻你的嘴。啊，爱人
假如我能把你红宝石般闪耀春情的嘴
封起、烤干、摧毁、移除
那一个个涌动着的软软
的红吻，该有多好！救救我吧，上帝！在这源头
我要躺一辈子，饮着、汲取着

你的泉水，就像天空从河道饮着、汲取着
洪水。

我用吻堵住你的耳朵
把你鼻孔堵住，要你在脖子周围戴上——
不，让我想想——戴上一串亲吻的精美项链。
一个个吻就像一个个珍珠绕着，两边摸摸
没一个失落。

就在那儿
在你乳房的香槟酒之间
我要盖上一个大大的燃烧的爱情印章
宛如一朵暗色玫瑰，一个休憩在
你汩汩搏动的有节律的心脏之上的神秘。
不，我要坚持，我的信仰要
你和我保持完整。你的每扇门，每扇通向外面的
神秘港口，我都要封存起来，都要蘸上
完美无缺的圣油。

　　　　现在，事情已经结束。通知猎物已死的号角
会在天堂吹响，然后再来收拾。
但还是让我做完，已经开始的事情
用我的吻做钢铁的盔甲，把你穿戴得

无懈可击，连吻直吻，钢一样致密。

让你大腿和膝头，穿上护胫甲，脚上

穿上易碎的钢铁脚蹼，这样，你就能感到

入鞘一般，无懈可击地和我一起，把七个

大印，盖在你的七孔，把我

神秘的意志之链完美无缺地

缠绕住你，包在我不屈不挠的体内。

阳台上

在阴沉的山峦前，有一道微弱的、失落的彩虹飘带。
在我们和它之间，响着雷声
在下面绿色的麦地里，劳动者
站着像麦茬，依然在麦地里。

你在我近旁，裸足穿着凉鞋
透过阳台上木头的香气
我能分辨出你的发香：此时，轻快的
闪电从天上降落。

淡绿色的冰河漂浮下来
一条黑暗的小舟穿过晦暗——去哪儿呢？
雷声怒吼。但我们仍拥有彼此！
空中赤裸的闪电犹像片刻
便消失不见——我们除了彼此，还有什么？
小舟不见了。

圣体节 [1]

我走了你的路，我走了我的路
你跨过了你的那些人，漫不经心地，伤害了他们所有的人
我跨过了我的那些人，尽管我很小心，但还是伤害了他们。

但我们稳稳地、确信地、不管一切地
走了我们的路，终于相遇了
在这座楼房的房间里。

阳台
悬挂在大街上，街上有牛车慢慢地
走过，背负着绿色和银色的桦树
去参加圣体节。

从阳台上
我们俯瞰生长中的小麦，那儿，碧绿的河流
在松林中流动

---

[1]　原文为德语 Frohnleichnam，圣体节。——译注

一直流到重重山峦在蓝色中屹立的地方，
闪耀着雪色和晨光。

该做的我已经做了，心中颤悸着欢喜，恍如第一丝
晨风，穿过窄窄的白色桦树。
你终于发光了，像在山顶捕捉到日子
在天上制造魔术时那样。

终于，我抛弃了没完没了的世界，与你相遇
像刀出鞘，一丝不挂，窄而白
终于，你能把不朽丢开，而我看见你
和所有的时刻、和你所有的美丽一起闪耀。

我爱你，好不知耻，好冷酷
我无所畏地爱你
我们嘲弄地双双起舞
从阳光中出来，跳着舞进入阴影
又舞动着穿过阴影，进入阳光之中，
再度从阳光，进入阴影。

我们跳舞时
你的目光像在言说，把我全部吸入

我们舞着时

我啊，看见了你的全部!

只是为了双双起舞，一起心满意足

两个洁白的人，锐利并且澄清

闪耀着，互相触摸着

天堂属于我俩，绝对遗世独立。

许多天后

不知道你暴烈的心，在你得体的词语之下
在你像衣服一样随意摆动的词语之下
是否也在来回跳动

　　是否你是这样，也像我那样！

我等了很久，从来都没承认
连对自己都没承认，分别多么令人痛苦
现在你又来了，我怎么才能

　　给你最好的弥补？

假如我能脱掉这身衣服
假如我能把赤裸的自我拱手送给你
假如你想把我赶走，一个伤口

　　足矣，就能让痛苦流出。

但我燃烧的心不允许你如此
矜持、如此冷冷地好心
是啊，我恨你，恨你现在都

　　不跟我打招呼！

情歌

别拒绝我，假如我对你说
我的确忘记了你说话的声音
的确忘记了你的眼睛，你穿越岁月
搜寻，看见我俩结婚时欢乐的眼睛。

但当苹果花，在月光苍白指头的
抚弄下，张得大开时
我看见你银白色的脸抵着我的胸，我藏起眼神
假装在做家务，有意装病。

啊，跟着，一上床，我就拉上
窗帘，把花园藏起来，那儿，月亮
享受着开放的花朵，仿佛用吸管
吸取花朵的美丽，朵朵都是恩惠。

而我的确向你抬起疼痛的手臂
而我的确把痛苦而贪婪的胸脯向你抬起
而我的确为了你的痛苦而哭泣
而我为了睡着，把自己掀翻在睡眠的门边。

而我的确在烦闷的夜晚翻来覆去，为了你
梦想你把嘴唇献给我
想象你强大的乳房带着我进入
无论梦境还是怀疑都不能破坏的睡眠。

星期天下午在意大利

男人和未婚妻并排走着
两人之间隔着一段距离
他的手不知怎么放才好，想藏起来
她大胆地扬出去，生怕别人看不见。

有人路过时，他低下头来
用黑毡帽挡住脸
这时，狠心的女孩更狠心了，什么话都不说
一切不必惊奇，一切无可挑剔。

接着他们各自来到敞开的路上
湖的那边山上有积雪
这个使人脸红的下午，他俩很不舒服
害怕孤独，咽喉发硬、发痛。

她离开后他才松了口气
她骄傲的脑袋裹着黑色的丝巾
他穿过拱门回家，现在可以去找
码头上一群无所事事的男人了。

他的夜晚是火焰般的红酒
跟热烈兴奋的男人们在一起
而她跟她那些性感狠心的女人一起
就又自由自在起来。

　　她已被标定，她已被挑中
　　　　为的就是这火
　　欲望的烙印已打在他身上
　　　　看看你这模样！

　　他俩被选定，啊，他俩命中注定
　　　　为的就是这次搏斗！
　　你们所有的女人，都要拥护她！男人、男人啊
　　　　要为他把火光举起！

　　所有的女人，要给她营养、训练她
　　　　好好教她狠心！
　　男人啊，趁他还没倒下，拥抱他吧，对他好些
　　　　好好珍爱他。

　　女人啊，又来了一个冠军！

男人啊，这是你们的！

分别在他俩门后

　给他们戴上花环，往他们身上抹油。

我只要

我对女人好心好意时
只要女人对我温柔点
有软软的悸动就行，像我俩之间听不见的铃声。

我只要这点就行。
我真厌恶暴烈的女人，非要我爱她不可
说话也很难听，其实哪有什么爱情。

坏的开始

黄色太阳一步跨过山顶
走过湖面时，步子短了，踉跄了几步——
你醒了吗？

看，它们在熠熠闪光的奶蓝色的晨湖上
正铺设太阳的金色赛马跑道
一天已经开始。

阳光照进我眼中。我必须起床了。
我要走，我胸前有一条金色的路
在燃烧——我胸口太痛了。

什么？——你喉咙青了，被我吻青了？
啊，如果说我残酷，那么你呢？
我已青透了。

要是我爱你怎么样！——你不满
你马虎，你造成的这种苦难
令我万分惊奇。

是啊，你张开了双臂！是啊，是啊
你想把我搂进怀抱！——可，不，
你应该投入我的怀抱
这样更好。

我在这儿——起床到我这儿来吧！
不是来访，不是像个天真的孩子
甜美而又可爱，也不是像个
厚颜无耻的情妇，告诉我脉搏的跳动。

到我这儿来，像个回家的女人
回到那个是她丈夫的男人身边，一切都
受制于此，让他和她
永远焊接在一起，这才是最好的。

在我身后的湖上，我听见蒸汽船从奥地利
隆隆地开出。世界就躺在那儿，而我
却在这儿。你到底要从哪边来呢？

羞辱

我内心一直都太骄傲，一直都太孤独
别离开我，否则我会崩溃。
别离开我。

假如你这么快就又走了，那我
怎么办？
我该找谁？
我该去哪？
我自己，该成为什么？
成为"我"吗？
它是什么意思，这个
"我"？
别离开我。

我该怎么看待死？
假如我死了，它不会是你：
它只会是同一个
你的缺失。
同样的缺乏，无论生或死

无可满足

同样的疯狂空间

你不在那儿等我。

想想吧，我不敢死

害怕死了之后的那个缺失。

我很怕死。

除非有吗啡或药物。

我宁可承受痛苦。

但总是强大、不懈

它会使得我不是我。

伴随我肉体继续存活的那个东西

不是我。

无论生或死，都不会有帮助。

想想吧，我不能看死亡

不能看未来：

只能不看。

只有我自己

站着不动，捆住我自己、盲目我自己。

上帝，要是我没选择就好了！
我自己的欲求，永远永远跟我自己
过不去！
自我实现的重负！
满足的电荷！
上帝，要是她必不可少就好了！
必不可少，而我没有选择！

别离开我。

爱得一塌糊涂

我们爱得一塌糊涂
因为太把它理想化。

我一发誓爱女人，爱某个女人，要爱就爱她一生
那一刻我就恨她。

甚至在我对女人说"爱你"的那一刻
我的爱意就大大平息。

我俩之间若心知肚明，对爱非常确定
爱就成了冷鸡蛋，已经荡然无存。

爱是一朵花，必有花开花落之时
不落便不是花
等于是朵假花，活该葬在墓地。

大脑不能干涉爱，意志不能缠着爱
个性不能假定爱是一种象征物，自我也不能占有爱
否则爱就没了，不过是一堆垃圾。
而我们爱得一塌糊涂，那都是扭曲的爱
　　被大脑、被意志、被自我所扭曲。

年轻的妻子

爱你的痛苦
几乎总是超过了我能忍受的程度。

我走路也害怕你。
你站的地方，黑暗
升起，你看我时
夜穿过你眼睛而来。

啊，我从未看见影子
在阳光下如此活跃！

此时，每一棵高大而高兴的树
都转过来背对太阳
向下看着地，看见了它们从前
曾经避开的影子。

在每一个闪光的物体脚下
躺着一个向上看着的夜。

啊，我想歌

我想舞，但眼睛无法从

影子上抬起来：它们

黑暗地躺着，从杯子边上溢了出去。

它是什么？——听啊

空气中那微弱纤细的沸腾声！

恍若贝壳中的沸腾声！

那是死亡还在沸腾，在那儿

野花摇着铃铛

云雀蓝光闪耀——

爱你的痛苦

几乎总是超过了我能忍受的程度。

婚礼之晨

早晨打开，像一只石榴，
　　开裂处红得发亮。
啊，明天，当黎明到来
　　把床单照得发白，
它会发现我在婚姻的大门边观望
　　和等待，而光线流泻到
他身上，他正心满意足地睡觉，
　　头沉落下去，毫无知觉。

当黎明爬进屋里，
　　我会小心翼翼地起
身，观望天光在我的第一天
　　获胜。
天光照着，他与我睡
　　的那一觉，就像在我凝视下睡着。
他渐渐清晰起来，我看见他滚烫的
　　脸，摆脱了游移的光焰。

这时，我就知道，我的男人塑造了

上帝的何种形象

我会看见我熟睡的棍棒

　　也不妨称之为我生命的赐予。

我会算一算我接受的这个男人

　　特征如何，价值如何，

我会在他铸造的金属的光泽上

　　看见天堂或大地的形象。

啊，我还渴望看见他在我

　　全能的力量下熟睡

这样我就知道，我必须保留的是何种礼物……

　　我渴望看到

我的爱，那只旋转的钱币，在我身边

　　一动不动，平铺直叙地躺着

让我算账——他肯定

　　是我一生的价值。

然后，他就是我的了，他会躺在那儿

　　把一切向我展示

在我眼下打开，他是我的专利

　　在我中间熟睡

他躺着，粗心大意，听之任之地

把他的真理交给我，而我
会注视黎明为我点亮
　　我的命运。

趁我注视苍白的光线照着
　　　他充满了我的睡眠
照着他的眉头，卷曲的发丝在那儿随随便便地
　　　扭结、盘绕
照着他的双唇，光线在那儿无意识地
　　　一呼一吸
照着他熟睡的四肢，它们终于无助地
　　　倒卧了
我会哭泣，啊，我会哭泣的，我知道
　　　为了喜悦，为了痛苦。

丈夫好，老婆不开心

丈夫好，老婆不开心
丈夫坏，经常也是如此
但丈夫好，老婆就会不开心到
　　崩溃的地步
远胜于有个坏丈夫。

女人要的情人必须好斗

渴望忧思、多愁善感
搂抱也多疑，还费力
一试不行再试
这种青年男子，女人是不要的。

那都是些多愁善感、狡猾阴险的
小彼得、小乔治、小哈姆莱特
小汤姆、小迪克、小哈里，爱发牢骚的
小吉姆和顾影自怜的小萨姆。

女人厌恶老是需要劝慰
怎么劝也不听的青年，劝也把人劝得累死。
好言相劝，好语抚慰
等于滚进自负男人的下水道里。

女人要的是斗士、斗士

要的是好斗的公鸡[1]。

你能给她吗，傻逼！

好斗的公鸡、好斗的公鸡——

你有吗，小傻逼？

那我们就让公鸡叫起来吧，像在半夜一点钟！

---

[1] 英文原文是"cock"，一语双关，既指"公鸡"，也指"生殖器"。——译注

但愿我识一女

但愿我识一女
她像炉膛的红火
一天无数次穿堂风之后，还在闪闪发光。

在黄昏红色的静谧中
人就想靠近她
真正地以她为乐

而不是礼貌地努力爱她
也不是心里想着如何努力去结识她。
与她交谈时，也用不着遭受风寒。

爱的努力

我努力去爱别人
已经累得筋疲力尽
从来没有成功。

现在我已下定决心
什么人都不爱，什么人都不打算爱
也不打算讲任何谎言
我就这么决断。

如果这儿那儿有个男的，或女的
能让我真正喜欢
我觉得这就足矣。

假如奇迹发生，来了一个女人
能让我的心波起皱
我会因她而喜悦，会因心波温暖而喜悦
只要别在闲聊后以失败告终即可。

寻找爱情

人越寻找爱情
越表明自己无情
无情者找不到爱情
有情者才能找到
而且用不着刻意去找。

爱情的谎言

我们都爱撒谎，因为

昨天的真理，明天就成谎言

而一旦文字确定

我们就根据文字所表达的真理生活。

我今年对朋友的爱情

跟我去年的已有不同

若非如此，那就是撒谎。

可我们还不断重复：爱！爱！

好像那是价值固定的钱币

而不是会死的，再开出另一种蓓蕾的花。

历史

雪落在苹果树上
草木灰在火中聚集
我们面临第一批磨难时
出现了，一种无精打采的美丽。

这时，山峦像战车
一排排加入蓝色的战争
正午的阳光在横扫——而我和你
清点着我俩的伤痕。

接着，在一个奇怪而灰色的时辰
我俩嘴对嘴躺着，你的脸在
我的脸之下，像湖面上的星星
而我覆盖了大地，以及所有的空间。

沉默、漂浮的时辰
一个接一个的早晨
一个夜晚漂浮到另一个夜晚
却毫无痕迹。

你的生命和我的生命，我的爱情

过了一途又一途，仇恨

和爱情，熔得更紧、更紧

直到爱恨终于交媾。

太多的水果来自玫瑰

镇里来信：杏子树

你答应要送我几枝紫罗兰。就是果园篱笆下

　　白色和蓝色的那几枝，你不记得了？

　　甜甜的暗蓝和白混合在一起，表示我们早期爱情的

一种誓言，这爱情几乎还没开花。

这儿有棵杏子树——你从来没见过的

　　北方的杏子树——它在大街上开花，而我天天

　　都站在栅栏边，抬头仰望树上的花，那些花

在碧空悠闲地伸展，我在想，这是什么意思。

在那棵杏子树下，幸福的国土

　　普罗旺斯、日本和意大利在憩息

　　过往的脚喋喋不休，还有那些在我们周围玩耍的人

在拍手，那些乡下姑娘在拍手。

你，我的爱人，最重要的那个人，身穿花裙，

　　你大笑着，所有让人难以忍受的温柔，

　　突然撞上了我，令我睁大眼睛，

你放任的双手，松松地垂了下来。

白花

一弯小月儿，又小又白，宛若一朵孤独的茉莉花
孤单单地倚靠在我窗前，照在冬夜里的凉亭上
仿佛酸橙树一样呈液态，又似明亮而柔软的水或雨
她闪着光，是我青春期白色的初恋，没有情热，而且
徒劳。

莲花和霜

从监狱逃出的罕见的柔软欲望
有多少次在升腾，在我血上浮动
就像莲花
从水面升起。

这样，我就披了一身光明
　　一身敏感的、蓓蕾一样热情的花
　　直到我所有泥泞的花朵浮游着进入她的视线
以最优美的方式赤裸着呈现给她。

这时，我把我的一切都献给
　　这个女子，她喜欢我爱我，但她把仇恨的目光
　　转向那朵已被折下、燃烧着
向她倾泻出宝贵露滴的花。

缓缓地，那一整朵花都痛苦地关闭
　　爱情的所有莲花蓓蕾都沉落下去
　　未开即死，这时，这位月亮脸的情人
在重重的折磨下显得宽厚起来，又露出了笑颜。

海藻

海藻晃啊晃，卷起旋涡
仿佛晃动就是它静止的形式
如果它冲撞在凶猛的岩石上
它也不会自伤，而像影子一样从那上面滑过。

丘陵上的紫杉树

凸月从黄昏中挂出
　　星星状的蜘蛛，纺着丝线，
又低了一点，不知疲倦地
　　从头顶望着我们。

那就来这株树下吧，这儿的帐篷
　　把我们如此黑暗地笼罩起来
因此我们很安全，甚至都不受蛴蛾
　　振翅声的侵扰。

这儿，在这座乌黑的秘密帐篷中
　　它黑色的大树枝拍打着地面
来呀，把荆刺从我的愤怒中拔去
　　为伤口赐福吧。

这个罕见的古老夜晚！在这儿
　　在帐篷一样的紫杉树下
黑暗是秘密的，我可以烧焦
　　你，仿佛把乳香烧成缕缕香气。

这儿，就连星星也别想离间我们
　　　　就连蛾子也别想停在
我们的神秘之上。什么都别想谴责我们
　　　　也别想让我们逃遁。

此时就要信任黑色树枝的树
　　　　躺下吧，为我打开
打开神秘内部的黑暗
　　　　渗透，就像树。

不要浪费紫杉树的等待，不要
　　　　浪费这个隐秘的夜晚！
把黄昏的核心打开，品尝
　　　　最后的黑暗的喜悦。

金鱼草

她要我跟着她去花园

那儿，醇厚的阳光站立着，仿佛

古老灰墙之间的一只酒杯，我不敢

仰起脸来，我不敢抬头看

怕她明亮的眼睛像麻雀，飞进

我的发现之窗，发出"嗖"[1]的一声锐响！

于是，我沉下脸来，声音带着笑

跟了过去，跟着她白色裙裾的闪动

轻快地摇摆着前行。她双脚飞快地寻找落脚点

我注视着它们走动的姿势，跟着她停下来

她以女王的体重，把草深深地压下去

要是有可能，我会很高兴让她把脚踩在我胸脯上。

"我想看看。"她说着，蹲伏下来

像一只欲想安顿下来的鸟，落进我的视线

她的胸脯埋伏在衣裙的牢笼中

---

[1] 原文用的是"Sin"，这个单词在英文中，既有象声的意味，也有"罪恶"的意思。——译注

就像沉重的鸟，她颇有分寸的呼吸
使之起着轻微骚动："我想看看，"她说
"金鱼草对我吐出舌头。"

她大笑起来，把手伸向花
握紧了花的红脖子。仿佛我自己的脖子被她强力
扼住，我的心如此满胀
好像要冲破我葡萄酒一样火红的脖子
在我自己的红中把我噎死。我看着她把绚烂的花
的咽喉扯住，扯得花血直流

    漫过我眼，我瞎了——
    她棕色的大手展开，遮住了
    我大脑的窗户
    在那儿的黑暗中，我的确发现了
    我出来想找的东西：

我的圣杯，一只棕色的碗，碗上缠绕着
鼓胀的青筋，在腕部汇集
我很想尝尝它棕色下面的
紫水晶！我渴望在她杯中
转动我心的红色血液

我渴望我的热血，随她杯中的
紫水晶燃烧起来。

突然，她抬头看了我一眼
于是我瞎了，在金褐色的日光中
直到她把目光移开。

原来，她是从上方而来
把我心里的爱都放空了。
于是我把心冲着鸽子高高挂起
像一只悬挂着的布谷鸟
她却柔软地安顿下来。

我和清晨的世界
被挤压成杯子的形状，去夺取这只掠夺
鸟，她很厌倦，已经把翅膀
在我们身上收起
我们也很厌倦，不想接受她了。

这只鸟，这么富裕
华丽的、重要的谷粒
这个可变的女巫

这支唯一的副歌

　　飞行中的这一笑

　　夜的这一凝块

　　这欢喜之地

她说话，我闭眼

把幻觉关在外面。

我发出惊奇的回声

听见的不过是我嘴唇的叫喊

是嘴唇想出的回答。

　　我又看见一只棕色的鸟在我

　　脚边的花上盘旋

　　我感到一只棕色的鸟在我

　　心上盘旋，它的影子

　　很甜，躺在我的心上。

　　我以为我看见一只棕色的

　　蜜蜂在苜蓿上，把苜蓿

　　闭合的肉扯开

　　钻进它的心脏。

　　她动了动手，我又

感到那只棕鸟覆盖了

我的心，这时

鸟下到我的心上来

就像漫游的布谷鸟

来到鸟巢一样，把爱情的

每一个谨慎的部分，都推到

边缘，控制局面，安顿下来

以翅膀和羽毛，把鸟巢

淹没在情热之中。

她把潮红的脸向我转过来，闪烁了

片刻。——"看你，"她笑道，"能否也

让它们咧开嘴巴！"——我把手放在花喉

的洼陷处，花朵便难受地打得大开。

她看着，她突然静极了

她看着我的手，想看看我的手要完成什么。

我把可怜的、被扼住喉咙的花捏在

指头之间，直到它脑袋向后倒去，尖尖的牙齿

冲她露出。我的手像武器，又白又急迫

不管花是否尖酸地疼痛，我握住这条喉咙

噎住的花蛇，直到她不再大笑

直到她骄傲的旗帜仿佛被打倒，往下紧贴住旗杆。

她藏住她的脸，她在唇间喃喃地
低语："快别！"——我把花扔下
但手还浮动着，伸向她指间玩弄的
花的衬裙，而我所有的指头都
指向了她：她不动，我也不动
我的手像蛇，看住了她的手，她的手飞不动了。

跟着，我就在内心的黑暗中大笑起来，我的确开心
大笑着，像突然爆发的音乐。我逼着她用眼
看我。我打开她无助的眼睛，商讨
她眼中的恐惧、眼中的羞涩、眼中的欢乐
这欢乐表明她在这场战斗中的失败。在她眼睛的黑暗中
我的心狂跳着，只想让她再笑起来。

直到她黑暗的深处痉挛地锐笑，她黑暗的
灵魂摇曳着，仿佛被光线刺激的水
而我的心一跃而起，渴望着把赤裸裸的
热情一头扎进她晨晖的池塘中
在她宽敞的灵魂里，寻找乐趣。

而且我也不在乎，尽管复仇的大手

最终会扼住我的喉咙，很快就会

假如它们举起来，复仇的欢乐

像秋分后满月一样，在我的夜晚红红地升起

只有死亡才会为我把它唤出

而我知道，死亡才比不复存在更好。

河边玫瑰

在伊萨尔河边，在暮色中
我们边徜徉边歌唱
在伊萨尔河边，在黄昏中
我们爬上猎人的梯子，脚在枞树中
摆荡，俯瞰着沼泽地。
与此同时，河与河相遇，淡绿色的
冰川水的嘹亮响声，充满了黄昏。

在伊萨尔河边，在暮色中
我们发现了暗色的野玫瑰
在河边红红地垂挂，仿佛炖煮的
青蛙正在歌唱，而在河流短兵相接的地方
有着冰和玫瑰的滋味，而闪烁的
恐惧到处都是。我们耳语："没人认识我们。
就让蛇来处理吧
在这片炖煮着的沼泽地。"

格罗瓦·第戎的玫瑰

清晨，她起床沐浴，
我凝视着她，久久不肯离去；
她在窗下铺开一条浴巾，
这时，一束阳光射来，把她的肩头擒住，
熠熠闪烁，雪白晶亮。
她弯腰去捡拾擦身的海绵，
沿着她身体的两边
金色的阴影发出悦目的柔光，
她双乳扭动着，一颤一荡，
宛如格罗瓦·第戎的玫瑰花，
色若黄金，争艳怒放。

她小捧小捧地把水往身上淋浇，
双肩微缩，银光闪耀，
仿佛濡湿的花瓣沉沉欲坠，
我静听雨珠在花朵的褶皱上滴答作响。
她金色的阴影
在阳光耀眼的窗上，
重重叠叠，越来越明朗，放射出彩光，
宛如格罗瓦·第戎怒放的玫瑰。

早餐桌上的玫瑰

我们从伊萨尔河边采来的玫瑰中，有几朵
坠落在桌布上，它们淡紫红色的花瓣
浮动着，像河里的小舟，别的玫瑰
也做好准备，要落了，又不想落，讨厌落。

她隔着桌子笑我，说
我很美。我看了看皱皱的鲜嫩玫瑰
突然意识到，无论在花中还是在我中
今天所披露的那个自我，不知有多么可爱。

我像玫瑰

我终于是我自己了；现在，我已抵达了
根本的自我。我拥有醇厚的奇迹
充满优秀的暖意，我逸出的，是清澈
而唯一的我，从我的同伴中完美地逸出。

我在这儿完全是我自己。即使玫瑰花丛
把清澈的汁液涌到极致，从清丽至极的
玫瑰中，绿色而赤裸地逸出
也不如那个由我带给我的那个自己。

英格兰的玫瑰

啊，英格兰的玫瑰，是一朵单瓣玫瑰
锦缎般的红与白！

但一旦把玫瑰喂得过饱
就会从单瓣渐变成重瓣
英格兰的玫瑰，就发生了这样的变化。

野玫瑰在备受保护的花园里
不再需要挣扎
会把细小的雄蕊
轻轻吹成宽大的甜花瓣
一个世纪一个世纪生长下来
把小小的雄蕊，吹成无生育能力的花瓣火焰
最后长成满满、饱满的玫瑰，不再带有雄性花粉
不再繁殖。

英格兰的男人也是如此。
他们都是重瓣玫瑰
真正的雄性已不存在。
啊，英格兰的玫瑰是单瓣玫瑰
需要从种子养起。

葡萄

太多的水果来自玫瑰
来自所有玫瑰的玫瑰
来自舒展开的玫瑰
来自全世界的玫瑰。

承认吧，苹果、草莓、桃子、梨子和黑莓
都是蔷薇科的
明明白白均系玫瑰庶出
出自那种面部敞开、向天微笑的玫瑰。

那藤蔓呢？
啊，那有着卷须的藤蔓呢？

我们的宇宙是一个绽开的玫瑰的宇宙
明白的
直白的展露。

但很久以前，啊，很久以前
在玫瑰尚未开始傻笑到极致时

在所有玫瑰中的玫瑰、全世界的玫瑰，还没有绽蕾之时
在冰川还未聚成一堆，在不安的大海和风中耸立之时
在它们还未被诺亚的洪水淹没之时
另外有一个世界，一个昏暗无花的卷须的世界
那时动物都带蹼，出没在沼泽地
边缘，人们轻手轻脚，原生质朴
安静、敏感、活跃
听觉和触觉都卷须般敏感，有方向性，能向外延伸
用感觉去接触潮水时，本能细腻得像月亮一样
向外延伸、抓握。

在这个世界中，藤蔓是肉眼不可见的玫瑰。
那时，花瓣尚未延展，色彩尚未搅动
　　眼睛尚未看到很多。

在一个绿色、泥泞、蹼足的、没有歌声的世界
藤蔓是所有玫瑰中的玫瑰。

这时没有罂粟，没有康乃馨
几乎没有淡绿色的百合花，水一般微弱。
藤蔓绿色、黯淡、肉眼不可见地繁殖
打着王者的手势。

现在看吧，即使现在也要看它如何保持着不可见的力量！

看啊，悬挂的暗色葡萄多黑、多么蓝黑，

在埃及的黑暗中

多么圆，落在叶中！

看他在那儿，这黑黝黝的东西，完全没有形状：

关于他，我们能问谁呢？

黑人也许知道一点。

藤蔓是玫瑰时，神祇都是黑皮肤的。

酒神巴克斯是梦的梦。

上帝曾一度都是黑肤的，正如他现在是白肤一样。

但那是很久以前，古代非洲的布希曼人早已忘记

  比我们还忘记得彻底，我们什么都不知。

我们正处在重新回忆的边缘。

我想，这就是美国干燥的原因。

我们苍白的日子正沉入黄昏

如果我们啜饮葡萄酒，就会发现梦飘然而至

从迫在眉睫的夜晚逸出。

不，我们发现自己在洪水到来之前，

正跨过飘着蕨类植物香味的世界的边域，那儿，

人是黑肤的，是躲躲闪闪的

而所有玫瑰的藤蔓小花，朵朵飘着香气

裸着身子亲密交融沟通，不像我们仿佛穿了衣服的

　　视觉，永远都不能沟通。

我们啜饮着葡萄酒时

一幕幕远景，顺着黑暗的大道展开。

葡萄是黑黝黝的，大道是昏暗和卷须的，能被

　　微妙地抓住

但我们，随着我们苏醒，紧握住我们的民主景致不放

　　林荫大道、电车、警察。

把属于我们的还给我们

让我们到苏打泉水边去，好好清醒清醒。

清醒，节制。

就像睡得很沉的孩子，痛苦而任性，但还是

　　努力，努力保持清醒。

清醒，节制，努力睁开沉睡的眼睛。

葡萄形成的条条大道是微暗的

尽管我们不会，但我们还是必须跨越已经失落，飘着

蕨类植物香气的世界的边域：

让唇上沾满蕨类植物的种子

闭上眼睛，沿着葡萄酒和来世

卷须飘飘的大道走去。

橡树下

你，假如你懂事
当我告诉你，星星会闪出信号，每个信号都很可怕
你就不会转身回答我说：
"夜真美妙！"

即使是你，假如你知道
这种黑暗把我浸透得多么彻底，把邪恶的恐怖
多么紧密地与我的精髓结合，你就会暂停下来，区别一下
伤人的是什么、搞笑的又是什么。

　　我可以告诉你
　　在这棵强力的树下，我整个灵魂的液体
　　都从我体内流出，仿佛一条牺牲的溪流
　　被督伊德教的祭司用刀一戳就流。

我还要告诉你，我流血，我跟内里的万物结合
我的生命流了出去。
我告诉你，我的血就从这棵橡树下的地面流出。
一滴一滴流出。

我的头顶，血中生出的槲寄生从阴影的
烟中跃出。
但你是谁，居然在橡树下
叽叽喳喳地来来去去？

你的什么东西更好？什么更坏？
你跟这个古老地方的种种神秘、跟我古老咒语的
种种神秘有何关系？
你在我的每一段历史中有何地位？

双重

红百合花那样壮观，飞燕草的蓝光一闪，劈开一切
所有这些多么灿烂！——夜依然垂挂在房间，像一只
半折叠的
蝙蝠，难以忍受的热情在黑暗中沸腾，就像大盆中的
葡萄汁，她何时离开房间的呢？

石榴

你跟我说，我错了。
你是谁呀？谁都是谁呀，竟敢跟我讲我错了？
我没错。

在锡拉库扎，由于希腊女人的恶意，岩石都被剥光了
无疑，你已忘记开花的石榴树
啊，太红了，而且还那么多。

但在威尼斯
这座恐怖、绿色、滑溜的城市
该城的执政官都是些老人，长着古老的眼睛
在城内花园繁密的枝叶中
石榴就像亮亮的绿色石头
长着倒钩，倒钩上挂着皇冠。
啊，绿色的长满尖刺的金属皇冠
事实上在生长！

现在，在托斯卡纳
石榴红得可以伸手烤火

而皇冠，具有王者之风，慷慨大度，歪戴的皇冠
斜遮在左眉梢。

你要是敢，就看看那豁口！

你是想告诉我，你不想看那豁口吗？
你更愿意看它普普通通的一端吗？

尽管如此，所有的落日都是敞开的。
末端跟开端一样，都会裂开：
豁口内呈玫瑰红，很嫩、熠熠闪光。

你是想告诉我，不该有豁口吗？
不该有黎明熠熠闪光和密密实实的露滴吗？
你是想说，露出裂缝的金色薄膜的皮肤都错了？

就我来讲，我更希望我的心破了。
这多可爱，裂缝中有着万花筒一样的黎明。

安德拉特斯——石榴花

这是六月，这是六月
石榴树开花了
农民们正弯腰，收割须髯长长的麦子。

石榴树开花了
就在大路边，越过死色的灰尘
就连阳光下的海，也是沉默一片。

远处，深绿色中，火焰在短促地喘息
石榴树开花了
夜一样的叶子中，冒出小小的、尖尖的红火苗。
正午突然黑了、亮了、沉默了、黑了
遮阳帽下，看不见男人
只是，从秘密腰肢的叶隙中
这儿那儿的红色小火焰
露出一个男的、一个女的。

桃子

你想不想朝我扔一块石头？ [1]
朝这儿，当我吃完桃子，你把剩下的一切都拿去吧。

血红，很深
天知道这是怎么回事。
某人放弃的一磅肉。

皱纹处处都是秘密
而且很硬，一定要保守秘密。

为什么，从那根短枝上的银色桃花
的浅银色酒杯那儿
会有滚着要掉的这么重的小球？

当然，我想的是被吃之前的桃子。

---

[1] 此句中的"石头"，原文是"stone"，一语双关，既指"石头"，
也指"桃核"。——译注

为什么这样天鹅绒般的柔软，这么肉感而沉重？

为什么挂着这么毫无节制的重量？

为什么有着这样的凹口？

为什么有凹槽？

为什么是双贝蛤一般圆滚可爱？

为什么从球面往下有涟漪？

为什么会暗藏着切口？

为什么我的桃子不像台球那样浑圆精致？

要是人类的手做的，就会像了。

不过，我已经吃掉了。

它不像台球那样浑圆精致。

仅仅由于我这么说了，你就想把东西朝我身上扔。

那么，你可以把我吃掉的桃核拿去。

无花果

在社交场合吃无花果的正确方式
是把它分成四瓣，托住底部
打开，这样，它就成了一朵闪闪发光的、玫瑰花色的、
流着蜜汁的、
花瓣厚重的四瓣花了。

在你用嘴唇掀掉花之后，
皮就像一朵有四萼片的花萼。
然后，你把果皮扔掉

但粗俗的方式
是嘴巴对着裂缝，一口咬掉所有的肉。

每一只水果都有自己的秘密。

无花果是一种非常隐秘的水果。
你看见它站着生长时，就立刻会感到，它象征着什么：
它好像是男的。
但当你对它更熟悉时，你就会同意罗马人的意见，

它是女的。

意大利人会很俗气地说，它代表女人的阴部，即无花果实：
那裂缝、那外阴之像
那朝向中心的奇妙而潮湿的联通性。

它卷入
它向内
花都向里生长，有着子宫的纤维
而且只有一个孔。

无花果、马蹄花、西葫芦花
都是象征物。

有向内开放、向子宫开放的花
现在，有一种水果，像成熟的子宫。

它从来都是一个秘密。
就应该是这种样子，女人就应该充满秘密。

从来都不会高高地、含苞待放在

枝头

像其他那些花，要露出花瓣

银粉色的桃子，欧楂果和山梨果的威尼斯

　　绿色酒杯

突露的短枝上浅浅的小酒杯

公开向天堂宣誓：

献给开花的荆棘！献给话语！

献给那些勇敢的、爱冒险的蔷薇科花朵。

把自身包裹起来，秘密得无法言说

流着奶色的树液，凝结成奶、能制作乳清干酪的树液

粘在指头，发出怪味，连山羊

都不肯尝的树液，

把自身折叠起米、包起米，像有某种信仰的妇女

裸体都藏在墙内，开花过程永不可见

只有一个方式进入，帘子紧闭而不

　　透光

无花果，女性神秘之果，隐蔽而内向

地中海的水果，带着你隐蔽的赤裸

一切发生，一切都看不见，开花也好，受孕也好，

　　结果也好

在你的内向中，肉眼永不可见

直到结束，直到你熟透、炸开而
交出你的幽灵。

直到成熟的露滴逸出
这一年就过去了。

这时，无花果的秘密已经守护得过久。
于是它就爆炸了，而你从裂口中可以看见那猩红。
无花果已经熟透，这一年就完了。

无花果就是这么死的，通过紫色的裂隙
　　展露自己的深红
仿佛伤口，在开放的一天暴露秘密。
仿佛妓女，这爆裂的无花果，有意展露出她的秘密。

女人也是这么死的。

这一年落下时已经熟透
我们女人的一年。
我们女人的一年落下时已经熟透。
秘密裸露了。
很快就烂了。

我们女人的一年落下时已经熟透。

夏娃心里知道，她一丝不挂
她很快地缝上了无花果叶，也给男人缝上了。
她以前天天都裸着
但直到那时，直到尝到那智慧的苹果之前，
她心里都不知道这个事实。

她心里知道这个事实之后，很快地缝上了无花果树叶。
女人从那时以来，就一直在缝。
但现在，她们穿针引线，为的是装饰裂开的无花果，
而不是为了盖上。
她们心里想得最多的就是自己的赤裸
而且不想让我们忘记。

现在，这个秘密
通过潮湿的、猩红的嘴唇，成了一种肯定
嘲笑着主的愤怒。

那又怎么样呢，我的好主？女人叫道。
我们把秘密守得太久了。
我们是已经成熟的无花果。

让我们炸裂，只为获得肯定。

她们忘记了，成熟的无花果是保存不了的。
成熟的无花果是留不住的。

北方蜜白色的无花果，南方猩红的黑色无花果
成熟的无花果难以保存很久，任何气候下都不能。
假如全世界所有的女人都爆裂，进入自作主张的状态，
那怎么办？
炸裂的无花果还留得住吗？

赤裸裸的扁桃树

湿漉漉的扁桃树，在雨中
仿佛铁，从泥土里冷酷地钻出
黑色的扁桃树干，在雨中
仿佛扭曲的铁器，丑陋无比，从泥土里钻出
从西西里冬天深邃而柔软的长羽毛中钻出
不能吃的泥草
黑色的弯曲的扁桃树干，黑铁般，爬上山坡。

扁桃树黑色、生锈的铁树干
在露台扶手下面
你把你的细枝焊接得如此细腻
像钢，像空气中敏感的钢
灰色、薰衣草色、敏感的钢色，细瘦地、小鲱鱼般弯曲
　　呈抛物线上升。

你站在十二月的雨中吗？
你钢铁的末梢有着奇异的触电般的敏感吗？
你能像某些奇怪的磁性装置
去触摸空气中电的感应吗？

你能从狼一样漫游在天空的闪电中，

在埃特纳火山周围如此忠诚地

　　　逡巡的电中，接受某种奇异代码写成的信息吗？

你能从空中听取硫黄的耳语吗？

你能听见太阳的化学口音吗？

你能用电话把水的吼叫传遍地球吗？

你能从所有这些事物之中进行计算吗？

西西里，密密麻麻的雨中，十二月的西西里

铁在黑色地生枝，锈蚀得就像老旧、扭曲的铁器

在地球冬天的长羽毛上挥舞、俯身

爬上坡子——

一片不能吃的软绿！

柏树

托斯卡纳的柏树
那是什么?

卷了进去,像一个黑暗的思想
其语言已经失落
托斯卡纳的柏树
有巨大的秘密吗?
我们的文字无用吗?

发送不了的秘密
死了,死在死了的种族那里,死在死了的话语那里,但是
伊特鲁里亚的柏树

啊,我多么佩服你的忠诚
黑暗的柏树!

它是长鼻子的伊特鲁里亚人的秘密吗?
是那些在柏树林外几乎没有声响的
长鼻子的、双脚敏感的、笑得很微妙的

伊特鲁里亚人吗？

在把长长的黑暗到处甩摆

弯弯曲曲、火焰般高大的柏树里

古老伊特鲁里亚式微暗的、摇晃的男人：

全身赤裸，只穿稀奇古怪的长长的鞋子

隐而不发、半笑半不笑，安安静静地来去

带着些许非洲的沉着冷静

从事着某种被人遗忘的营生。

那是什么营生呢？

不，舌头已死，文字空洞得恍如没有果实的空豆荚

已经脱去了声音，结束了曾经会讲故事的

伊特鲁里亚

发出回声的所有音节。

我更经常看见你浓缩成黑暗

托斯卡纳的柏树

在一个古老的思绪上面：

一个古老而微小但不可磨灭的思绪，你却始终保存

伊特鲁里亚柏树的风姿

苗条而摇曳的伊特鲁里亚男人微小、微暗入骨的思绪

罗马曾称之为恶毒。

恶毒、黑暗的柏树：
恶毒，你是柔顺、沉思、轻柔晃动的黑暗火焰的
　　　柱子
为一个死而又死的种族树立着丰碑
在你中隐藏！

伊特鲁里亚苗条、嫩脚、长鼻子的男人
当时就是恶毒的吗？
还是说，他们只是喜欢闪烁其词，喜欢与众不同，
喜欢黑暗，就像
　　　风中摇动的柏树？

他们都死了，哪怕有再多的恶习
此时剩下的
只有某些柏树偏执的阴影
和坟墓。

微笑，微妙的伊特鲁里亚人的微笑，依然在坟墓里
流连不去。
伊特鲁里亚的柏树。

笑到最后的人，笑的时间最长

不，列昂纳多弄坏的，只是伊特鲁里亚人的纯洁的微笑。

为了能让兰花般罕见的

名叫邪恶的伊特鲁里亚人回来

我有什么不愿做啊!

说到是否邪恶

描绘它的也只有罗马人的那个字

我本来就厌倦罗马人的德行

因此对该字并不重视。

因为我知道啊，在灰尘里，我们埋葬了被迫沉默的种族

和他们的所有恶行，在这灰尘里

我们也埋葬了如此之多生命的脆弱魔力。

在翻搅起乳香、流溢着没药[1]

深海里

阴影重重的柏树

失落的生命，有着如此芬芳的香气!

---

[1] 没药为橄榄科植物没药树或爱伦堡没药树的胶树脂。又名末药。主产于非洲索马里、埃塞俄比亚以及印度等地。有活血化瘀的功效。——编注

他们说，适者生存

但我要为失落的生命招魂。

那些未能幸存的人，那些在黑暗中泯灭的人

我要让他们的意义重返生命

他们把意义夺走

神圣不可侵犯地缠绕在柔软的柏树中

伊特鲁里亚的柏树。

邪恶，什么是邪恶？

只有一种邪恶，那就是拒绝生命

罗马就是这样拒绝了伊特鲁里亚

机械化的美国也仍在拒绝蒙特苏马。

西西里的仙客来

当他把那簇浓密的黑发从眉头掠开：
当她把拖把样的头发从眼帘上掀起，在脑后拧成一个结
　　——这是多么大胆的可怕之举啊！
当他们感到彼此的额头都已赤裸，对着天堂一丝不挂，他们的
眼睛都已睁开
大海像一片刀刃横在他们脸上
两个地中海的野人：
当他们走出来，脸露出来，在天空下，摆脱了他们自己
　　头发蓬松的低矮树丛
他们第一次
看见了脚趾头之间细小的玫红仙客来，在其生长之地
一只只缓慢的蟾蜍正端坐着沉思往昔。

缓慢的蟾蜍和仙客来的叶子
黏糊糊地闪着幽光，投下永恒的阴影
保持与地接触。
仙客来叶子
蟾蜍般的薄膜，大地的彩虹之色
美

霜打的金丝银丝
起着泥的泡沫
蜗牛的珍珠光泽
在下面。

大海摇撼的外观
以及男人毫无防备的光光的脸
以及仙客来竖起的耳朵
长长的、幽思的、口形微小的灰狗花苞
还在做梦，尚未从地里抽生
出现
在他脚趾头旁边。

黎明玫瑰
在地下暗喜，被石头催生的
仙客来，年轻的仙客来
躬起背来
在苏醒，尖起耳朵
像纤细幼小的灰母狗
冲着尚未展开、没有经验的
清晨半打着呵欠。

灰母狗

玫瑰色的嘴鼻若有所思地低下来

吐出轻软的呼吸，不愿在新日子醒来

但在地下暗喜。

啊，地中海的早晨，我们的世界就从这儿开始！

遥远的地中海的早晨

皮拉斯基人[1]的脸一张张都被揭开

还有一朵朵蓓蕾绽放的仙客来。

兔子突然上山

长耳朵向后面顺着，眼睛一眨不眨，快乐至极。

在地中海暗淡的、被海水漂白的石坡上

仙客来立起，心醉神迷的先驱！

仙客来，红唇润鼻的仙客来

一小束一小束，像一束束野兔

嘴鼻挤在一起，耳朵都尖着

耳语着巫术

----

[1]　皮拉斯基人，曾经生活在地中海东部诸岛上的史前人。
　　——译注

像井边的女人，黎明的泉水。

希腊，世界的早晨

在那儿，巴台农 [1] 的大理石依然养育着仙客来的

　　　根部。

紫罗兰

异教徒，玫瑰色嘴鼻的紫罗兰

秋日的

黎明粉色

黎明苍白

在胖墩墩的蟾蜍叶子中，尚未出生的

伊瑞克提翁神庙 [2] 的大理石正在洒水。

---

[1]　英文是 "Parthenon"，指希腊雅典祭祀雅典娜女神的巴台农神殿。——译注

[2]　雅典卫城的著名建筑之一，本为放置八圣徒遗骨的石殿，传说这里是雅典娜女神和海神波塞东为争做雅典保护神而斗智的地方。——译注

海水摇曳成火

内心有雨

内心有雨
一直在下、一直在下，涓涓地
从记忆中流走。

内心有海
晃啊晃啊晃，如此之深
无底之黑
突然开始喷涌了，雪白，恍如雪豹
　　高高地
耸起后臀，怒冲冲地伸爪去抓灵魂的峭壁
跟着便消失，发出永恒的含盐的愤怒
咝咝声：愤怒是男人内心的老海。

秘密的水

从前失落的，现在找到了
从前受伤的，现在好了
人体生命的钥匙
把和平的泉水再度打开。

和平的泉水、和平的泉水
涌了起来，越涌越多
但它汩汩的表面，是一道重墙
生命之屋，把人包围。

它汩汩的表面，是一道重墙
从前曾是房子，现在则是牢房。
我们之中无人知道
水已涨起。

我们无人知道，我们无人知道啊
和平在那道病墙下
秘密地在涌起、在涨水、在流动
牢房把人包围。

我们不知道，我们不知道

直到秘密的水溢出

冲垮砖墙、冲垮水泥

冲垮把我们生命耗尽的狱墙。

直到狱墙松动、出现裂缝

豁开大口，上面的房子即将崩塌

毁弃，释放的崩溃

将使我们全部灭亡，在和平的沼泽地。

蓝色

蓝色的泉水中，喷溅的火星，从黑暗里跃出
时而带着睡意，时而躁动不安
跃入眼帘，显露出秘密，无数严守的秘密。

黑暗时而陷落在轮子里
像梦境一样快速转动，正在转动的
钢铁般的蓝色，此时令人眩晕着。

阵雨，从天空落下，亮蓝色的水滴
汇成溪流，从不可见中泻出，那是亮蓝色的
开花的庄稼，它从下面涌出，涌向梯子顶部。

多重的蓝色，令人惊异
彩虹在天空隆起
奇异的崭新的火星，在惊讶中打开：

所有这些纯粹之物，带着泡沫和浪花，来自大海
来自丰盛的黑暗，受着神秘的震动
碎裂成耀眼的活物，一头头海豚从半夜的
海中跃出，把海水摇撼成火，直到我们看见
　　阴影的火焰。

秋愁

秋天刺鼻的香气
让人想起偷偷溜走的乳房，使我害怕
一切，秋天泪花闪动的星星
和耳中夜的鼾声。

突然，我的生命
冲泻般坠落，瞬间
凋谢，我
赤裸裸地暴露在灌木丛上。

我，在地球的灌木丛上
仿佛一丛新鲜裸露的浆果，羞怯地
被展示着，但在到处偷偷飘溢的香气中

逡巡的也是我：我，在这颗立在丛林
但很沮丧的肉浆果中！
我，还在这偷偷的有斑点的气味中
在这刺鼻的秋夜的

葳蕤中逡巡！
我的灵魂，随着散发恶臭、狡猾奸诈的
人流逡巡
向四处流散。

因为夜晚，大大地吸了一口气
把我的灵魂拽到了我的
外面，直到我头晕目眩，意识涣散
仿佛一个已经死去的人。

同时，我又站着，裸露在地球的这片
丛林上，
一株新生的肉浆果
让星星来钩沉。

燃情之春

今年春天来的时候，迸出一堆堆绿色的篝火
绿色火焰般的树和灌木狂野地喷吐
荆棘花在林木冒烟和灯芯草摇曳的地方
举起了烟雾的花环。

我惊异于这个春天，这场大火
绿火在大地点燃，这生长的
火焰，这些烟雾的喷吐，狂野地打着旋儿喷吐
一张张人脸，在我的凝视下吹过！

还有我们，在这场春天的大火中
我在哪一堆火中呢？也许只是这场大火中的一个
空隙——！
和人群中别的人一样，连一缕淡烟都不是，
连风都不如，风还跑着去响应火焰的召唤！

火

火比爱或食物，跟我们关系更亲
火热、匆忙，一摸就会烫着。

我们应该做的
不是把爱相加，不是把好意或任何类似的东西相加
否则肯定会产生大量谎话
而是把火相加，把最本质的火相加
这样才能火焰冲天，形成巨大的阳具，进入空荡荡的
　　空间
在肥沃的天顶和天底
迸射成百万新的原子
把我们烧着，把房屋烧垮。

春来了，愁也来了

圆滚滚的云在风的怀抱中滚动
圆滚滚的地球在空中像胚芽一样滚动
看啊，榛木蓓蕾稀朗的地方
　　躺卧着野银莲花
惊动地起伏着，就在风下！

在鸭子塘的蓝色水面上，有白鸭
来往，一支嘎嘎叫着的小型云彩舰队
看看你吧，就在那儿浮动
　　耀着蓝光的公鸭就像亚伯拉罕
骄傲地迈步，它的种子会不停繁殖。

在闪烁的水光中，有七只
蟾蜍在争着越过丝绸般模糊的树叶
七只蟾蜍在暮色中动着，分享着
　　暗淡的春天，这春天编织着
处处交媾的隐蔽肉体。

现在看吧，穿过树林，山毛榉在那儿喷涌绿色仿佛一场祖母绿的暴风雪，现在看啊！
一匹红棕色大种马在舞蹈，华丽地

　　　绕着灌木丛在走
到外面的春天玩，到驯服它的沙漠里转悠。

而你，我的少女，你丰美温暖的脸闪着光
当你看着搏动的风

　　　把柔荑花的花粉

　　　从蓝色的起伏的
山毛榉上吹走？
是哪种突然的期望把你打开
打得如此之开，
说呀，说你知道！

是的，说呀！凭着金色的太阳，可以确定
有一种迅疾的雄性的闪光射进来，来到
我们所有人的身旁，人和花都被拆散了

　　　在他的束缚下打开
随着他把新的胚芽种植在我们身上。还需要回避什么呢？

这还不明白，我想，从大地上，细微的
震颤飞到邻近的星球上，细微的隐藏的光芒

从我们梦境高而肥沃

　　充满汁液的球体上，精力充沛地甩脱
再次让空中的每个星体快快成长为春天的处女。

难道你没听见每一小块，在旅行着去
把自己种植在期望者身上时，欢乐的
震颤吗？一旦种植，它就灌输了
　　新奇，取胜的新形状
从而摆脱生命的瞌睡状态，唤醒了另一个意志。

的确是啊，我不仅仅靠着文字，还能
凭着我的量度，溢出生命生动
而炽热的盈余，深深地触摸你，充满
　　你，使你涨红而饱满
以今年的新奇！——难道这是恶吗？

灰色黄昏

你走的时候，你是怎么随身带走了
我那本优美而华丽的祈祷书？
我那本关于塔楼、红刺荆闺房
金色天空和身穿亮色织物淑女的书？

此时，在蓝灰色暮光下，残损的
房屋的瓦砾堆起，就在收割后的田野
凋萎的雪的那边，幸福的夏天
献出的一切都已收割、都已被踩踏。

此时，灯光像回声，在黄昏
暗影重重的残茎中闪耀
更远处，夜的巨大镰刀正在挥舞
成熟的小星星正从星荚中滚出。

大地全部进入，尘土的
灰色，混合着一种金子的烟色
伸展的地衣一样永恒，葡萄汁一样苍白
天空全部凋萎、变冷。

于是我坐下来，扫描这本灰色的书

感到了阴影，就像一个读书的盲人

我充满恐惧，生怕万一发现，最后的文字会流血：

不，请把这本疲倦的《祈祷书》拿走吧。

海

你，你一点都不爱，无爱可言，你
躁动不安，孤独无助，受自己的情绪左右
你禁欲、单身，连同伴都要瞧不起
没女人还要在打谷场上甩打你自己的情热
你把梦做完，为自己而做
独自一人，在全世界玩你的伟大游戏
没有玩伴，也无帮手，无人珍视你
无人安慰你，有人安慰也不要。

你不像大地，充满繁殖力
忙着生养有许多嘴巴的幼儿
你单身，你无后代，像磷火，冷而酷似老茧
孤独得不存崇拜、不存爱情、不存矫饰
甚至鄙视劳动的万灵药
宣誓效忠一种最高、也最辉煌的无目的状态
沉思并乐享生命来去之中的秘密
海，只有你才自由、才老于世故。

不用劳碌的你，不用转圈子的你

对你和你的同类来说，辛苦劳作肯定
是不值得的，也不用花气力
　　转圈子。

把月亮当筛子，把月光一片片
雪花般筛下，把它的意义铺展的你
把星星在手心珠宝般滚动
让它们好像大声说话的你
把日子渍出色彩
露出宇宙的光泽，把日子之网染色的
你，阴影了太阳的浩瀚手势和压力
让它经过时像路人的你
很相宜地道出了夜晚的寂静的你
海，你是所有事物的影子，现在，就排开你的阴影
　　把我们嘲笑至死。

海边的十一月

此时，十一月，太阳向无拘无束的天空
靠得更近了。

随着黑暗把它包围起来，它靠得更近
好像来为我们做伴。

在大脑深处
我心中的太阳谢绝了它的冬至
射出几束金光
射回到大海上旧年的太阳。

几束金光浓缩成红色
我灵魂的太阳正在降落
越降越猛，越降越无畏，冷漠
而降，降落在我肋骨间喧响的大海后面。

广阔的大海赢了，还有黑暗
冬天，以及日间的太阳，以及我灵魂中的太阳
在沉落，沉而降，沉于冬至
向下，它们比赛，看谁降得更快
我的太阳，伟大的金色太阳。

大地之盐

慢慢地，大地之盐变成了大海之盐。
慢慢地，令人欣赏的雨滴
携带着大地之盐、智者的智慧和伟人的礼物
降落到后来形成的大海里，在那儿保持盐水的状态
把一代代年轻人腌制
假若不腌制，他们会好得多。

慢慢地，大地之盐变成了大海之盐。

鲜水 [1]

人说，很难
化海水为甜水。

也许这就是为什么很难
从古老的智慧、真理或任何形式的教诲中
啜饮鲜水的道理。

---

[1]　英文原文为"fresh water"，在英语中有"淡水"的意思，在此直译为"鲜水"。另，在英语中"sweet water"（甜水）也有"淡水"的意思，所以下文中有"化海水为甜水"。——译注

他们说大海无情

他们说大海无情，说在海中
爱情活不下去，只有无爱的生活
　　　和光秃秃的盐屑。
但从海中
海豚跳起，绕着酒神狄俄尼索斯的船
船上的桅杆有紫色的葡萄藤
它们起跳时，现出了彩虹
在水中来一个空翻！带着绝对愉悦俯冲
而大海与狄俄尼索斯做爱的动作
就是那些幸福小鲸鱼的跳跃。

冬歌

由于静默的雪，我们都肃穆下来
　　　进入敬畏的状态。
头顶不闻枪声，也没有急促的
　　　震动，没有任何东西，令我们从
挤压我们的虚空中，把注意力转移。

一只乌鸦平展翅膀，无声地
　　　飘过。
不间断的沉默，在我们的
　　　担忧中，看不见也听不见地摆动。

我们不看对方，我们藏起
　　　害怕的目光。
白色大地和废墟，还有我们自己，此外别无他物……
　　　这一切掩饰了
我们的存在。我们等待，但仍被拒绝承认。

我们折叠在一起，人和雪被碾磨成
　　　虚无。

协助我们的是沉默，只有沉默

　　无声，也无真实

我们被绑缚在雪上，颇为灾难性地。

月升

谁见过月亮，谁没见过

她从深处的室内出来、升起

羞红了脸，宏大而赤裸，恍如从新婚

化妆的卧室出来，谁见过她升起，把愉悦的

忏悔投在浪上

把她自己认定的福祉投在浪上

乱扔，直到她所有闪烁的美都向我们摇动

散播开来，最终为人所知，而我们确信

美是超出坟墓以外之物

这种完美无缺的明亮永远不会堕入

虚无，时光终会使月光暗淡

比此地这个奇怪生活中

完满极致的暗淡消失得还要快速。

月亮记忆

当月亮落在男人的血上
白白的、滑滑的，就像落在港口的黑水上
一摇晃就折断，对着他的肋骨摇曳——

这时，嘈杂、肮脏的日间世界
不存在了，其实从未真正存在
但这
湿湿的白色光芒
抽搐着，随着退潮的击打，向内冲洗，银色的波光冲着
　　他的肋骨
落在他的灵魂上，他的灵魂是内心黑暗的海。

在月亮白鞭的摇曳下
海兽侧身瘦瘦地浸入，闪着亮光
那是纯粹的灿烂愤怒，浸入海水的愤怒
它生气的对象，是经过鞭打、受魔鬼驱使而变化的肮脏
日子
因它在海上留下了浮渣，甚至在夜里也是。

秋阳

太阳铺开了秋天的番红花
　　　给它们满满地斟上
　　　制造死亡的红酒，直到财富
浪费地流进高脚酒杯。

珀耳塞福涅的全部和所有苍白的铸模酒杯
　　　放在板上，满到溢出
　　　献给神仙的那部分溢到杯外
现在，凡人们，快来喝吧！

此时不喝，更待何时，酒杯满到不能再满
　　　里面装着闪烁的天堂，这是誓言之杯
　　　现在，让所有凡人都来
喝一杯，长久而起劲地痛饮！

从地狱女王杯中倒出的，是天堂苍白之酒！
　　　那就喝吧，肉眼不可见的英雄们，喝呀！
　　　把嘴对着酒杯，切莫退缩
喉咙仰起，向着天堂。

在酒中品尝神祇的伟大誓言

　　　对着天堂、大地与地狱之河起誓

　　　打破这个有病的、恶心的梦境

打破这个让我们扭动而蠢蠢欲动的梦境。

地狱女王之杯，倾倒的苍白之酒中

发誓，一定要醒来、要摆脱

令我们扭曲的噩梦

要从这个一度邪恶的心中冲出。

冬晨

绿色的天狼星
在湖上慢慢地流
星星走得太远
我们却还醒着！

年轻的新年一声不响
已经又来到
走到湖上一半的地方。
我俩必须重新

开始。这种爱充满了
恨，对我们过于伤害
我俩并排躺着
好像停泊一样——不

让我起来
好好洗去
这种仇恨——
太绿了

这颗巨大的星星！
我洗得相当干净
把一切都洗净。
即使

这么冷、这么冷、这么干净
现在仇恨已经消失！
这一切糟透了
令我冷到骨髓

现在仇恨已消失
什么都没有留下
我纯粹得像骨头
感觉仿佛丧亲。

十二月的夜

脱掉你的大氅，摘去你的帽子
脱掉你的鞋子，到我炉边来吧
从没女人在这儿坐过。

我把火烧得更旺了
其他的就让它堕入黑暗
然后坐到火边来吧。

炉边的葡萄酒好暖
火光忽隐忽现
我会吻暖你的腰肢
直到吻得发黏。

新年之夜

此时你是我的了，今夜，我终于可以这么说了
你是一只鸽子，被我买来作为牺牲
而今夜，我要把你宰了。

来吧，在我怀抱，我赤裸的牺牲品！
死亡，听见了吗，在我怀抱中，我正供奉的
祭品，是花大钱买来的。

她是一只银鸽，比我拥有的所有东西都贵重。
此时，我把她献给，绝不宽恕的古老上帝。
上帝和我并不相识。

看，她是只奇妙的鸽子，没有半点污迹！
我牺牲了她的一切，我在世界最后的
骄傲、力量以及所有的一切。

一切，祭坛上的一切！而死亡像猎鹰
扑将下来。接受牺牲品的只有上帝
我赢得了我的名声。

秋雨

悬铃木的叶子
湿漉漉地
落在草坪上

在天空的田野上
一束束云
萎靡不振，缩成一团

种子一般往下掉雨
天空的种子
落在我

脸上——又被我听见了
就像均匀的回声
柔软地在捂住的

天的地板上徘徊
让所有泪水谷粒
都平息

的风，仓库存放的
一捆捆
收割的痛苦

在高空被捉住：
一束束被杀死的
死者

此时被扬净
在天的地板上
所有痛苦

不可见的甘露
被我们
分割得很细很细
在这儿像雨一样落。

在她们白色的肌肤上

青春的贞洁

生命不时溜走，
让我吃惊得倒吸一口冷气。
它透过我的眼睛张望，
它以颤抖的文字穿过我嘴巴，
表现得跟别人一样。

跟着
我尚未发育的乳房开始
苏醒，顺着乳房下
细瘦的涟漪，一种急剧的
韵律也已启动，而我沉默、沉睡的腹部
一瞬间便奋起反叛。

我柔软、沉睡不醒的腹部
悸动着惊醒，带着一股冲动和一种意志
跟着，不知怎么回事
我的下体支起，跟我打招呼
一个小侏儒，从根部骚动，努力着直到
鼎立，他打败了我。

他站立，我面对他而颤抖。
——那么，汝为何人？——
他不吱声，勃大而肉感
我无法对他说不。
——汝为何人？汝与我
有何关系？汝，砸偶像者，浑身闪着光泽——

他多美啊！无声
无目、无手
但他是生命之地的火焰
他站立，他是夜里的一道火柱。
他能从深处感知，他能孤独也
理解一切。

相当孤独，他本人
才最清楚、最知根知底。
确定到闪着光泽，他是未知
他不知从哪儿崛起。

我在他的阴影下颤抖，他为
黑暗的目标而燃烧。
他像灯塔一般站立，夜在他

的底座翻腾，他的黑光滚动着
进入黑暗，又从黑暗中回返。

是他在呼唤吗，这个孤独者？是他深度的
沉默充满了召唤吗？
他在看不见地动吗？他深度的
曲线在向女人的曲线扫去吗？

旅人、火柱
反正都是徒劳的。
汝充满欲望的闪光
都会成为苦痛。

黑暗、红润的柱子，原谅我！我
无助地被绑缚在
贞洁的岩石上。汝
陌生的声音没有声响。

我们在荒野中哭泣。原谅我，我
很愿意躺在
女人山谷中，经营
汝的双重之舞。

汝黑暗之人，汝傲慢的曲线之美！我
很想崇拜汝，让我的屁股骏马腾跃。
但大批男人，万众一声，拒绝
给我机会。

他们从枢纽处把门卸了下来
把道铺好。我向汝致敬
但我要摧毁汝之花朵。汝的高塔撞击
虚无。请饶恕我吧！

绿

黎明是苹果绿

天空是葡萄酒绿，太阳举着杯子

月亮是其间的金叶子。

她睁开眼睛，眼睛是

亮绿，清澈得就像第一次

采摘的鲜花，也是第一次被看见。

这些聪明的女人

闭上你的眼睛吧，亲爱的，让我使你变得盲目！
　　他们只教你看
写在事物表面的问题
充满欲望的男人眼中的代数
　　以及上帝像谜一样的几何
让他的轨迹陷入混乱，让你我陷入困惑。

我要吻你的眼睛，一直吻到使你盲目
　　假如我能——假如任何人都能！
这样，也许在黑暗中，你能得到你想要的：
大脑永远觉得太过深刻的解决方案
　　只在血中溶化……
我是雄赤鹿，而你是温柔的雌鹿。

好了，别挑我的刺了！你想要我恨你吗？
　　难道我是万花筒
供你不停地转动，怎么转也转不对？
难道我命定只能以长长的文字的交媾来与你为侣？
　　太不满足了！难道你的大腿之间
就没有希望了吗，就与你窥探的视线离得那么远吗？

对米冉姆说的最后的话

你有着愠怒的忧愁
　　我感到耻辱
你的爱强烈而彻底
我的爱是生命之花对阳光
　　的爱。

你有力量来探索我
　　让我一茎茎地开花
你唤醒了我的精神，你载我
　　进入清醒状态，你给了我阴沉的
意识——跟着我就畏葸不前。

肉体挨着肉体时，我无法
　　爱你，尽管我很愿意。
我们接吻，我们接吻，尽管我们不该这么做。
你屈服了，我们做出了最后的努力
　　可结局不好。

你只是在忍受，而这令我

这个手艺人的神经崩溃了。

我轻抚，却无肌肤回应

我因此无法给你最后那种

　　细微的折磨，你活该受这种折磨。

你体态匀称，你颇善修饰

　　但你的肉体却不晶莹，等于是零

假如我以满满的带刺的痛苦

穿透了你，你或许会被塑成

　　一张可爱的明亮的网状物

宛如一扇漆画的窗。最好的火焰

　　曾穿透你的肌肤

洗涤了其中的糟粕，以干净的全新的意识

为其赐福。但现在

　　谁会重新捕获你呢？

现在，谁会烧你

　　烧掉你肉体里的死气和糟粕？

因为我的火已失败

还有哪位男子会躬身你的肉体，去犁

　　那尖叫的十字架呢？

你的脸是哑默得近乎优美
　　的东西，使我充满羞耻
我看见它正变硬
我早该狠下心来，带着你
　　穿过火焰。

深夜

房子僵直地在黑暗中沉睡，我独自
恍如一件毫无道理的东西，穿过过道
爬上楼梯，发现一组门
天使般严厉而高大地站立。

我要得到我房子的庇护。但冲我趁乱
而来的这群惊悚的生灵
是谁啊？是仅仅从外面街灯那里
吹来的树的大影子吗？

幽灵倚着幽灵，奇怪的女人大声
哭泣，突然，我脑中
产生了一种惊人而无可名状的恐惧，瑟瑟发抖的风
断裂开来，在窗帘中啜泣。

就像那些女人，一个个高个子的奇怪女人在哭泣！
她们干吗一刻不停地从床上走过？
我的灵魂干吗带着不自然的恐惧而收缩？
我在听！有什么东西被说出了吗？

长长黑色的形体老是从床边扫过
它们好像在召唤，冲走，又召唤。
那么去哪儿，去哪儿呢？是什么？说呀
要算什么账呢？

午夜的酒神之伴女，那么为什么，为什么
你要冲过来打我？
我侵犯了你夜游的礼仪了吗？
这么做对我又有何用呢？

这些阴沉的、市郊的山坡上
有一个伟大的伊阿库斯吗？
我亵渎了某个神秘的女性、黑色而又
虚幻的纵欲吗？

莉达

来时别吻

别抱

别用手、用唇或用喃喃低语。

来时要喳喳振翅

要用蜻蜓点水般的一啄

要用潮湿、带蹼、作浪的脚

踩沼泽地般柔软的腹部。

天鹅

在很远的地方
在空间的核心
在时间最嫩处
大
天鹅
在一切
终点的水上，振翅、静止
巨大混沌之中、电子之中的天鹅。

对我们来说
他不再安静地游翔
也不再"咔嗒咔嗒"地发力，拉出巨大的欢乐的痕迹
充满幸福的精力
他也不再在原子之上消极地巢居
也不飞向北方荒凉的冰地
飞往沉睡的冰
也不在沼泽地觅食
也不在暮色中喇叭般鸣叫——

但他此时在黑暗中

朝我们

俯下身来：

他在踩我们的女人

我们男人被赶了出去

而这只巨大的白鸟

在犁我们无羽的女人

以其未知的冲击

把他黑色沼泽地的脚，踏在她们白色

　　沼泽地的肌肤上。

男性生殖神赞美诗

我的爱人躺在地下
脸朝上冲着我
她的嘴在最后一次吻时打开
结束了她和我的生命。

我在圣诞节晚会上跳舞
就在槲寄生树下。
跟一位慢悠悠的熟透的乡下少女
双双舞来舞去。

这个又大又软的乡下少女
像一捆松散的麦子
从我双臂中滑脱，倒在打麦场上
在我脚旁。

这个暖暖的、软软的乡下少女
甜得就像打麦时胀破了的
一抱麦子，为我
破了，啊，真甜！

此时，我独自走回家去
带着满足之感
我看见大猎户星座站着
在往下看。

他是我第一次做爱时
就看着我的亲爱的星星。
他见证了那一整场又苦又甜的
心痛。

此时，他又看见了这一次
这最后一次的投入。
我也看见他
没有任何责备的目光。

我想，他可以把那时和现在
之间的时间算出
反正他自己也走过，长满荆棘和困难的
男人之路。

毫无疑问
我做过的，他也做过：

记住了，又遗忘了
转过来，又转过去。

我的爱人躺在地下
脸朝上冲着我
她的嘴最后一次打开和我亲吻
结束了她和我的生命。

她活在荒凉而永恒的
死亡田野。
我在下面这片优美
而冻硬的田野。

我内心记住了什么东西
而且再也不会忘记。
黑暗中我的生命流动
方向是朝着死亡！

我内心忘记了什么东西
而且也不再在乎
欲望上来了，满足
令人欢愉。

倦怠而又细心的我

我有多么在乎？

那我为何咧嘴笑，又为何因绝望

　　而咯咯发笑？

悲痛啊，悲痛，我想，而足够

悲痛会使我们自由

我们非得这样做，

在一起既忠诚，又不忠诚。

顺访海伦

回来时，我发现她还是老样
还在玩同样微妙的老游戏。

她还在说："别，别把火焰松开
把我舔舐，把我伤害！
要做就做你，全部的自己！——噢，你内心火的
魅力，看我在里面的样子！
噢，最好待在那里，而不是在任何书的
闪光中，去演戏、做梦
演我永远爱的那种戏！——你在那儿
好像比生命本身可爱，直到欲望
到来，舔着你嘴唇的栏杆
直到迷路的火，从我脸上滑过
留下灼印和丑陋的印记
带着幻象之油。噢，火与美的
心，别再把你
爬行动物的性欲之火松开，啊，把你的情热
储藏在你灵魂的篮子里
要做就做你，全部的自己，一块漂亮的燃煤

以自己火的坚定欢乐而持续！

因为我所有血肉的瓷器都会在

火中裂开，疼痛地颤悸、断裂

我的象牙和大理石都会被熏黑

我敏感的神秘面纱也会被撕成两半

我的祭坛也会被玷污，我丧失一切，成了

一个该诅咒的女祭司，即使被俘，也属枉然——"

        这段副歌就这样

重复着在唱，这场游戏就这样

重新开始，而我保持着姿态

像一只闪光的火盆，耀着微弱的蓝光

这样，那个细腻的爱情能手

就能邀请她的灵魂来烤火

在火上溅洒焚香、文字之盐

和苍白的吻，啜饮焚香之烟的

丧钟，它像鸟一样升起。

然而，我在玩这场游戏时已忘记

我知道的那些事情，它们不会有名字

我忘记了我来自的那个地方

看着她避开火焰

又借着火来烤火——接着就责怪

我说，我虽在篮子里摇曳

我闪亮却没有内容

她把我的内涵如此含蓄地耗光

责怪我说，我打断了她的游戏……

我应该感到骄傲，她居然要求

我，成为她的火焰蛋白石……

　　　　　　　　既然我在这儿

只待这么短的时间，那么不打扰她

不也很好吗？——我干吗要回答

而去打扰她？！

任性女的歌谣

1

他们骑着她那匹缓行的小马
走上了最后一座小山头
她奶着一个沉重的孩子
约瑟夫提着缰绳。

她心里不满，十分疲倦
只见海水的刀刃
把天地割开
闪烁而欣喜。

突然一个黑脸陌生人
背对阳光，伸出
双臂，她只好下马
转过身。

把孩子交给约瑟夫
走到下面闪光的海滩

约瑟夫手搭凉棚
站着不停瞭望。

2

海在石缝中歌唱
一个女人用黄色而羸弱的
海罂粟，把她的头发扎起
她手指头动着，海罂粟也亮着。

一个裸体男人很快走来
像拍岸浪冲到顶峰时落下
激溅起海罂粟时
白色泡沫的喷射。

他把冲浪弄湿的手指
遮在她受惊的眼上
问她是否看得见土地、土地
她乐于猜测的土地。

3

她穿上蓝蓝的披风
又在约瑟夫的旁边骑行
她说："我到塞西拉去了
好倒霉呀！"

她的心像一只晃来晃去的摇篮
里面装着绝美的孩子
但她额上的影子
与温和的母亲不相适应。

这次缓慢而无聊的旅行
还在谦卑的骄傲中继续
直到他们来到阴郁大海之上
大地边缘的悬崖边才停住。

约瑟夫搭起帐篷
她来到下面很远的海滩
到了一个男人乘着浮动的小舟
举起桨来等着的地方。

4

他们住在一个，巨大而嘶哑的海洞中
看着下面很远的黑暗
那儿有一道撕开的拱门在闪光
恍如一道巨大明亮的海浪。

他说："你是否看见精灵
挤在明亮的门边？"
他说："你是否听见，它们正在耳语？"
他说："你是否听见，它们在说什么？"

5

这时，约瑟夫等得人已发灰
黑暗的眼睛充满痛苦
他听见："帕特摩斯岛我已去过
再把孩子交给我吧。"

现在，她又在继续，这场毫无希望的
旅行，凄凉地看着前方

男人和孩子，都无足轻重
跟马足下的土一样。

直到一个乞丐，直盯着她的眼睛
却对约瑟夫说话
于是她转过身来，对丈夫说：
"谁拒绝都行，但我只想给予。"

6

她给了，在开阔的铺满石楠花的地上
在光明的判决星星下
而她梦想起孩子和约瑟夫
以及那些小岛、她的几个男人，和她的道道伤疤。

醒来时，她把乞丐夜里采来的
浆果加以蒸馏
他从中提取了奇妙的酒浆
高兴地举在手中。

他没给她花冠

没给她孩子和慢马
他只是领着她，穿过粗糙、坚硬的地面
那儿有怪风在吹。

她跟着他躁动不安地漫游
一直走到夜里，在火焰的红色渲染下
她的脸在苦苦的蒸汽下低垂
那蒸汽从痛苦之花中钻出。

这时，他毫不怜悯，毫不留情
把火焰般狂野的点滴
带进城里，试图跟市场的作物
一起拿去卖掉。

因此她循着这次残酷的旅程
走下去，到任何地方都没有终结
一边在锅里搅着，一边在做梦
梦见她从绝望中，正在酝酿出希望。

她还对我说

她还对我说："你干吗感到羞愧？

你的衬衣口子，露出的那一点点

胸脯，干吗把它遮起来？

你的小腿和你壮实的大腿

为什么就不能彪悍多毛？——这样子我很喜欢。

你害羞，你这个傻傻的、爱羞的东西。

男人是最害羞的动物，总是把自己遮得严严实实

不肯从里面走出来，像蛇

一滑就滑进枯叶做的床里面，你也匆匆忙忙地穿上衣裳。

我真是太爱你了！男人的身体挺拔、干净、无一处不完整

太像一件乐器、一把锹、一杆矛、一支桨

我太喜欢了——"

说着，她伸出双手，顺着我的身体两侧摸下去

说着，我也开始对自己感到惊异，感到不知所以。

她对我说："你的身体，真像乐器！

纯粹单一，与别的任何事物都绝然不同！

在主的手中，是多么高贵的一件工具！

只有上帝才能把它塑造成这个样子。

感觉就像他用手搓揉，把你捏弄

打磨擦光，使你中空

在你体侧，雕出凹槽，在你乳房下，抓了一把

使你形体，具有了本质

比老旧的琴弓，更为含蓄。

"小时候，我最爱父亲常用的

那把马鞭。

我喜欢把玩，那好像就是，他身体的一个部分。

我也喜欢把玩他的钢笔，和他桌上的碧玉印章。

有时候，我一摸，身体里就好像有什么在涌动。

"跟你也是这样，但我能在这儿

感到欢乐！

上帝才知道，我是什么感觉，但肯定是欢乐无疑！

看，你干净、你优秀、你被单独挑选出来！

我太钦佩你了，你真美：你的两侧如此干练简洁

　　如此坚实，这模子如此硬挺！

宁可死，我也不想让它受伤，留下一道疤痕。

但愿我能抓住你，就像主的拳头

把你占有——"

她就这么说着，我就这么诧异着

感觉被她束缚，感觉非常受伤。

感觉一点也不自由。

此时，我对她说："不是工具，不是乐器，不是上帝！

别碰我，别欣赏我。

这么说让我声名狼藉。

黄鼠狼在栅栏上，伸直白脖子时，你即使想去摸它

至少也要三思。

你不能那么快、那么轻松地用手去碰。

蝰蛇睡着后，头枕着肩膀

在阳光下蜷曲起身子，像公主一样

她错愕、精致地抬起头时

尽管看起来有罕见之美

像一个奇迹，灵巧地带着那样的尊严滑动着走了

你会伸出手去爱抚她吗？

还有田里的小公牛，长着一张起着皱纹的悲哀的脸

你会害怕的，如果它站起来

尽管它充满忧思，可怜巴巴，像一块独石，停在那里

　　静如静电。

"难道我体内没有任何东西使你顾虑？

我告诉你，所有这些我都有。

那你为什么忽视了我的这一切呢？——"

嫉妒

自我膨胀的带有嫉妒心的女人
可怕而可恶
这种嫉妒比她的爱还要强烈。

自我膨胀的女人，嫉妒
看起来就可怕。一嫉妒起来
便自我炫耀，变态无人性。

太阳女人

假如一些女人走上前来说：我们是太阳女人！
我们不属于男人，不属于孩子，甚至也不属于我们自己
而只属于太阳
那该有多怪啊！

人身上能感觉到阳光，那该多么惬意啊！
男人脸上照着阳光，走过来
向下看着一朵金盏花，看它开放
那多惬意啊！女人就非绽开不可
就像金盏花对着太阳开放
激动得放射出彩光。

性不是恶

性不是恶，哦不，性并不恶
性也不脏，它恶、它脏，是因为肮脏的大脑在搅事。

我们想怎样就怎样，恶已过时，年轻人这样宣称。
恶已过时、恶已过时，但脏并非如此。

哎呀，性越来越脏，只要想想就这样。
我们发现，越愚蠢地对待性，性就越脏。

如果性不是想的，或脏的，那它就更糟糕，你就是这么想的。
你为什么不知道什么是什么呢，年轻人？我看你好像比祖母
还要乏味。好了，不说这个了。
我们最后还是诚实地谈谈性，至少证明试着谈了一回。

性不是恶，而是男女之间微妙的流动
恶会破坏这种流动，把它堵住、弄脏或再度进行压制。

性不是你把玩的东西，性就是你。
它是你生命的流动，是你在流动的自我，你该

真实对待它的本性、它的积蓄、它敏感的骄傲
从一开始就这样，按它的规则行事。

认识你自己啊，认识你自己，你是凡人，你知道
你性的敏感和微妙，你性的潮落潮起
你性的致命的累积，它就在你的身体深处。

千万别让爱窥探的可恶大脑，把性从深处拽出
趁它孤独时用指头去摸、去强逼、去打碎它保持的节律，
因为它会动弹、惊醒，复又睡着。

认识你自己啊，认识你自己的性吧！
你必须知道，无可逃逸。
你必须认识性，为的是给予救助，救助你最深的自我，
不受发痒的大脑
和脑中自我的奸淫，它的荒淫永远开着大口。

原发的情热

如果你朝下走进你自己，来到你个性的表面以下
你会发现你很想，直接豪饮生命
从源头豪饮，而不是用瓶子，也不是用你的身体作为容器。

老人们把这叫作直接与上帝接触。
这种奇妙的最根本的生命交流
不是用人类的瓶子来盛放的。

就连往昔荒野的巫术，寻找的也是这个
后来就堕落了。

来自源头的生命，未被
人类的垃圾污染。

与太阳中的太阳接触
它在原子中的某处闪光，在某个以曲线为枢纽的空间
完全不在乎竖起来的人的虚像。

人们从前常说，要与上帝交流。

但现在，就连这也被人污染
被自我和个性污染。

要感觉就去感觉，细微的轻风吹拂肚脐眼和双膝
去体会清凉的真理，终于是非人类的真理
在交媾的精致高潮中，让感觉轻柔地振翼
产生能量的神力，不会说谎的神力。

纯粹生命力的清凉真理
与源头直接接触，涌入每一根血管。
与谎言的苗头都不发生接触污染。
灵魂的首要热情，就是为了绝对生活
进入震撼的真理，绝不被谎言虚拟。

灵魂的下一个热情是思想
旋即转身，拥抱生命的现存肉体
猛扑上前拥抱新的正义，男男之间
男女之间，地球与星星、太阳之间，那种新的正义。
正义的热情深刻而又微妙
像所有热情那样，随着流动而改变。

但正义的热情，是原始的拥抱

在人类和已知的宇宙之间的拥抱。

而真理的热情是人类和神祇之间的拥抱
只以生命的流动而交媾，一丝不挂，绝不撒谎。

淫荡

肉体本身干净，但牢笼的大脑
里面是下水道，它会污染啊，它会污染
肠胃、宝石和子宫，使它们烂透，只剩下
　　用化妆品装饰的
瓢子，只剩下姿势和恶意，连野兽都会感到羞辱。

一个女人对所有的女人

你觉得我是否美，我一点也不在乎
　　　你们这些别的女人。
你们看见我的一切，都不是我自己的。
男人能够平衡，一块块骨头地
平衡，把一切放上
　　　天平，你们这些别的女人。

你们可能看看，就对自己说，我不
　　　　像别人那样爱炫耀。
我的脸可能不会愉悦你们，我的身材也不会，但假如
你知道
我有多么幸福，我的心在风中响得多么真实
就像响动的铃声，每响一下，该敲时就响
　　　你们这些别的女人：

你们会把镜子拉向你们，你们都想
　　　不一样。
有一种美，是你们看不到的，是我自己和他
取得了辉煌的平衡

在两极之间摆动的美的平衡

　　你们这些别的女人。

还有这样一种别样的美，这种星星的方式

　　你们这些散乱的女人。

假如你们知道我在安宁中、在与男人的平衡中

如何突然转向，假如你们知道我的肉体多么享受

荡来荡去的幸福，无论怎么粉碎都毁灭不了的幸福。

　　你们这些别的女人：

你们会羡慕我的，你们会觉得我奇妙

　　无比

你们哭着都想堕入，我所承载的

和谐，你们会满腹狐疑地在想，他

这么奇怪的一个人，居然不论在哪里

　　都能与我合一。

你们看他与众不同、他很危险

　　没有爱，也不怜悯。

然而，他唯一的独特本质却解放了我

让我获得了安宁！你们看不见

星星在高天，多么精致又

确信地在移动。

我们不知不晓我们在移动，我们睡觉，我们继续跋涉
　　你们这些别的女人。
而这就是我认为的美，一升起就消失
以人性又非人性的姿态，包含
二和一，把多降为无
　　你们这些别的女人。

认识你自己，更深地认识

要深入，比爱还要深，灵魂有更大的深度
爱像草，但心是深邃、野蛮的岩石
熔化是熔化了，但致密而永恒。

女人，下去吧，进入你深而成熟的心，找不见你自己。
也找不见我，被你汹涌爱着的我。

让我们找不见我们自己吧，把镜子一面面打破。
生命凶猛的曲线，再次向纵深移动
移向深黑的跳动的心脏，直到消失不见。

你说：在你心脏黑暗、野蛮的金属中
是不是有颗宝石，在我俩之间作梗？
是不是有颗互相信任的蓝宝石，像一粒蓝色的火星？
是不是有颗熔成一体的红宝石，是你的也是我的，
在内向地闪烁？

如果没有，啊，那就离开我，赶快走掉。
别又欺负我，让我回到，那种貌似爱情的状态

就像欺负八月，让它回到三月。

不合时宜的爱情，尤其是季节到头的爱情
感觉只是滑稽。
你越要，我越要走掉。

你是不是再也没有，野性的女人那种深邃的强大的心
你容易忘记自己，你的经验镶嵌着宝石
你是否能同你爱过的男人的心
发生奇异的强大共振?

如果没有，那就走吧。
如果你只会拿着镜子坐着，一个老女人
装得像个情人，在那儿搔首弄姿
爱的只是你自己，已经浅薄、萎缩
你自己的自己——像去夏的花已消失——
那就走吧——

我不要岁月凋萎不了的女人。
她是浓妆的谎言，染色的不凋假花
无限的陈腐不鲜。

囚禁中的野物

囚禁中的野物
即使保持着自我野性的纯粹
也不会繁殖，它们郁郁寡欢，它们最终死去。

所有的男人都受着囚禁
活跃是活跃，但那是囚徒的活跃
最优秀者也不会繁殖，但却不知道原因。

家庭的巨大笼子
把男人的性欲剿灭，简单的
欲望被歪曲、扭曲得不成样子。

年轻人也是这样，带着痛苦的乖僻
咬紧牙关面对，巨大无比的逆境
他们两两交媾，恨得只想哭。

性爱是一种求宠的状态。
笼子里无法发生。
那就打破笼子，现在就开始一试。

生育之夜

这火光是夜里一个
红色的子宫，在这儿，你在你的
厄运上迭起。

而丑陋、野蛮的岁月
从你那儿消融
以及停滞不动的泪水。

我，一个伟大的血脉，从夜
引向你的源头
把你洗透。

你再度从我生出。
我，亚当，从我的脉络而来
是即将诞生的夏娃。

很久以前的东西
变得更加暗淡，我俩都已忘记
我俩不再知道。

你可爱，你的脸柔软
像山庄里一朵
含苞欲放的花。

这是我的圣诞节。
今夜是一个女人
由我身上的男人生出。

病

在我前面慢慢地挥手，推进黑暗之中
看不见的手沉默着探索，把我肉体的
黑暗慢慢在身后拖着。

无物与我指头相遇，只有看不见的夜的
羊毛，蒙瞎了我的脸和眼！要是它们飞行时
我的手碰到门怎么办？

要是我突然磕碰了一下，把门推开，
于是一场伟大的灰色黎明在我脚上旋转，我已
来不及抽身回返怎么办？

要是我不知就里，把永恒的门打得大开
我却在可怖的黎明中被冲走，顺着
　　　以后
永恒的潮水而冲走怎么办？

用你的双乳，亲爱的，捉住我的手
趁着命运尚未从中夺走意义
就让它们从冒险中抽身吧。

红月升

火车跨越旷野时，堕入一种更平稳的运动中，
如此平稳，它的震动恍如沉默，天地浑然一体，不可分割
拥抱着黑暗，躺在四围，天和地把一切
　　　松散之物
把树木脏乱的字母、把山峦和房子都压扁了，而
　　　我们再也不能
使用风景敞开的书了，原来黑暗的封面封底已将
　　　风景的形象书页
合上，天地和天地之间的一切，都合上了
　　　成为一体。

我们在中间也被压扁了，我们闭上眼睛，还
　　　说："别吱声！"我们试图
在睡眠中逃脱这种巨型双阀式黑暗的恐惧，我们
　　　还躺着
珍珠般浑圆，睡觉——这时，从黑暗
　　　紧闭的双唇间，红色的
仿佛从子宫中，升起了一轮满月，仿佛双墙的
　　　黑暗，在新生的夜的痉挛中

流出了血，给了我们这轮新升的红月

它红润地躺在夜间的膝上，逼得我们藏起了

眼睛。

火车忙不迭地匆匆打击，挣扎着开走

离开这滑下去的、玫瑰色的生育恐惧

从夜的下体中钻出，在我们的路上闪耀

仿佛一个预兆，但是，主啊，我很高兴，太高兴了，

我的恐惧

在接受这个预兆时被淹没。火车现在不可能

越过升起的红月了，我很高兴

当他们看见初生婴儿滚烫的额头

为引领到安宁的愚蠢赐福时

我就像圣经中的三贤士一样高兴；

　　　　　　　　　　　　　　我现在才知道

世界之中的世界是一个子宫，那儿产生了所有的

匀称，装饰了下面的我们：

而这地球中沸腾的同一朵火焰

这以花朵加快了自身的火焰

也是我们僵硬黏土之身中那朵子宫的火焰：

我们，以及我们肉体突然发出的
每一道思想的闪光，以及每一个姿势，都像
火星一样飞翔，进入情热的子宫
开始生育，因生育而快乐。

世界之世界即子宫，它拿、它给
它把我们给出，为的是我们能再度
给出具体化的生命种子，在子宫中
坠落、苏醒，新的形体，跟着就是新的人。

　　生育的剧痛，生的快乐
　　分娩的汗水，而烦恼或高兴的
　　最卑微的方式，也能亮出我们的
　　小火，在黯黑天空中划出的痕迹
　　我们能在天上看见它，我们的火跃向最深处的火
　　在激情的回返中，喷溅般跳跃。

即使在软泥下也活着
水质的软体动物，
我们也能看见同样的一粒火
迸溅出来，去平复子宫难以满足的欲望。

因此，从风暴跃得更高时
从天上飞过的啸鸟那儿
从试图终于找到他们需要之物
而旋转、发怒的人那儿

从跳舞的男人、从大笑的少女
从伸出舌头的花朵，从尘菌一样喷出
尘土的蕨类植物，从啾啾叫着
逗趣的鸟和摇撼、掌击树枝
的风那儿，肉眼不可见的经验种子吹进了
世界的子宫，却无人知道。

尽管爱人潮湿的蓝眼睛向另一个
爱人哭泣，为的是放弃他的欲望
即使在这时，我也能看见一个蓝色的火星飞入
子宫，把未知的火焰点燃。

被爱者之歌

我的家在她双乳之间，在她双乳之间。
它的三边给了我空间和恐惧，但第四边
稳稳当当，宛如一座力量之塔，立于双乳的高墙之间。

我认识世界如此之久，可从未吐露
它给我何种印象，岩石似乎
挤得太紧，以及大地，以及不安的空气，
以及依然向西退去的潮水。

万物无不在运动之中，各人走着各人的小路，
一切都在拥挤，人们相互抚摸、交谈，做着小小的
接触，然后蹦跳开去，蹦跳！像球一样蹦跳！

我的肉体倦于蹦跳，又一次消隐！ ——
我的耳朵倦于在上面蹦跳的词语，接着
又蹦跳开去，毫无意义。一声声宣称！一声声宣称！
石头，女人和男人！

我的家在她双乳之间，在她双乳之间。

它的三边使我骚动和蹦跳，但第四边稳稳地
停在平静的港湾，在她的乳峰的土丘之间。

我就是我，不会比我更多：可我又是
那么多，我也不会蹦跳着从中弹出。终于，我手伸进
柔软，甜蜜的柔软之中，把不是我的一切抚摸，而她
就是这一切。

那骚动蹦跳着、咯咯响着，像一只弹片，它却至少
为我开了一扇，通向平静、通向东方温暖黎明的大门。
她的胸脯一挨我便绵软如酥，骚动的状态宣告结束。

我真希望就这样把脸埋在她的双乳间
度过永恒，
我静止的心充满安全感，
我静止的手充满了她的乳房。

我们传承

生活时，我们传承生命
一旦传承失败，生命就不能流通。

这就是性的部分神秘，它是持续的流动。
无性的人什么都不传承。

工作时，如果能把生命传入工作
生命、更多生命，就会奔涌而入身体，以补偿、以准备
日复一日地就会泛起生命的涟漪。

哪怕是个女人在做苹果布丁，或男人在做板凳
生命进入布丁，布丁就好吃
生命进入板凳，板凳就好坐
女人就会满足，满足体内涟漪的生命
男人也是一样的。

你若给予，你就会得到回报
这依然是生命的真理。
但把生命给出，可并不那么容易。

这不是说把生命交给某个可鄙的傻子，或让

　　活死人把你吞噬。

而是说在没有生命质量的地方，把生命质量点燃

哪怕只是把手绢洗白。

极乐世界

我找到一个孤独的地方
比亚瑟王传说中的列昂内斯国还孤独
比天堂还可爱。

充满了恬静
任何噪音都不可逾越
没有灯光使之难受。

满月隆重地沉落。
我看见她站着等待
等守夜人关门。

跟着，我发现自己来到奇境
全是阴影，全是难以理解的
平淡无奇的安静。

我也等着。这时我才明白
为什么花会无声无息地
生长，为什么它们的奇迹，在无声无息地吹。

为什么闪烁的翠鸟会以，看不见的美
在飞翔，路过的野兽
投下的影子，为什么会少之又少。

为什么夏娃从地上走过接近时
会无人听见、会很微妙，一声不响
也不让我知道，我已经被发现了。

夏娃的手是看不见的
在我身上行走，把我缚住
从母体中拽出，把我从别的一切中

解救！啊，可怕地
处在生命的肉体和我之间
她发现了我受制于万物的
根源，同时割断了联系。

我从万物的子宫中生出
孤单无助、惊异无比，我在等，头昏眼花
等着记忆被抹去。

这时，我就会知道极乐世界
它位于妖怪的时光子宫的
外面，我乃出自其中。

耶稣从前不是耶稣

人类制作的东西

人类用清醒的手做的、输入了生命的东西
再过多少年也是醒着的，手感会继续转移，无论再过
多少漫长的岁月
　　也会继续闪光。

正因如此，一些老旧的东西可爱无比
亲手制作它们的人虽已被遗忘，旧东西依然带着
生命的暖意。

新房、新衣

新房、新家具、新街道、新衣服、新床褥
机器制作的所有新东西，都把我们的生命吸出
使我们寒冷、使我们了无生趣
越多越如此。

无论人制作什么

无论人制作什么，只要能使之有生命力
那东西就能存活，因为它被输入了生命。

一码印度平纹细布，活跃着印度人的生命。

纳瓦霍女人用梦的图案编织地毯
织到边边时，必须把图案织断
灵魂就会出来，回到她身边。

但在那奇怪的图案上，灵魂会留下轨迹
就像沙地上蛇迹斑斑。

我们只有生命

活着时，我们只有生命
一生不活，你是粪。

工作是生命，生命寓于工作
除非你做工资的奴隶。
工资的奴隶干活时，他把生命撂在一边
站在那里，像块屎。

人应该拒绝要死不活地工作。
人应该拒绝成为一堆堆挣工资的粪。
人应该彻底拒绝要当工资奴隶的工作。
人应该要求只为自己工作，自愿干活，把生命
    放进去。

如果人不把生命放进工作，他基本上是一块屎。

工作

工作毫无意义
除非你感兴趣
就像参加一场极为有趣的游戏。

如果工作不吸引你
如果工作不好玩
那就别干。

人干起活来时
他就活起来，像春天的一株树
他活着，而不仅仅在干活。

印度人用细黑的手、宽黑的眼和入迷的宁静的灵魂
把细羊毛纺成长而又长的织物时
他们就像苗条的树在生叶，一片长长的白色的新鲜叶子网
那是他们织就的织物
他们穿上白衣，就像树，穿上
自己的叶子。

衣服如此，房子、船、鞋子、杯子、面包也如此
人类制作这些东西，就像壳里的蜗牛，就像鸟
它俯身靠着鸟巢，把巢筑圆
就像白萝卜塑造它的圆根，就像丛林生出鲜花
　　和醋栗
把它们长出来，而不是制作
城市也许还会像从前那样，凉亭从人们
　　忙碌的肉体中长出。

还会这样，人会砸烂机器。

终于，为了用生命织就的叶子般的
布匹穿衣
为了住在自己凉亭般的房里，像海狸一点点咬出来的
　　豪宅
从自己指头做出的杯里饮水，就像花从五重枝干饮露
人类会把我们拥有的机器取消。

谋生

人绝对不要谋生
能生活下去就很不错了。

鸟啄起种子、啄起小蜗牛
在无人觉察的天地间
以无人觉察的方式。

但这勇敢的小东西，却给生命带来了
歌声、啼啭、鲜丽之羽、蓬松阴影的暖意
以及蹦蹦跳跳、振翅振翼，只做小鸟的所有无可言喻的
    魅力
而我们，我们分文不付，就能得到这一切。

造物主

他们说，现实只存在于精神之中
肉体的现实是一种死亡
纯粹的生命是无肉体的
关于形式的概念先于实存的形式。

但胡说八道什么呀!
好像大脑可以仅凭想象，就想象出一只龙虾
在深海打瞌睡，跟着就把野蛮的
　　　铁爪伸出!

即使上帝的大脑也只能想象
已成为自己的东西:
肉体和实存、此时此刻、造物中脚踏实地的
　　　造物
哪怕只是一头，踮着脚尖的龙虾。

宗教比哲学更知道。
宗教知道，耶稣从前不是耶稣
直到从子宫中生出，能吃面包喝汤
能长大成人，并在造物的奇迹中成为耶稣
有其肉体、有其需要，而且有其可爱的精神。

创造物

创造的神秘之所在，即创造的神性冲动

但那是伟大而怪异的冲动，它不仅仅靠脑力劳动。

就连艺术家都知道，他的作品从来都不在脑中

没发生时想都想不出。

他被奇怪的疼痛所攫住，于是他进入斗争

从他与材料的斗争中，在冲动的魅惑下

他的作品发生了，出来了，站起来了，向着他的大脑
    致礼。

上帝有一种伟大的冲动，奇妙、神秘、壮丽

但他之前并不知道。

他的冲动以肉体成形，你再看

已经有了造物！上帝在上面看到自己也惊奇，因为那
是第一次。

看吧！创造物已经形成！多么奇妙！

让我想想！让我形成一个想法吧！

触摸

既然我们如此理性
我们就无法忍受触摸或被触摸。

既然我们如此理性
我们就已经脱离了人性。

我们就会始终保持这种状态了。
一旦我们理性地逼使自己触摸，发生
肉体和肌肤的接触
我们就侵犯了自己
我们就变得恶毒可恶。

命运

啊，命运、命运
你存在吗，人能摸到你的手吗？

啊，命运
假如我能看见你的手，假如手的拇指朝下
我愿意让步，像翼手龙
愿意接受湮灭。
我甚至都不会要求，留下一只石化的爪子
也不要像线索一样留下拇指印痕
我愿意完完全全地消失。

但假如是拇指竖起，人类将继续是人类
那我就愿意战斗，愿意卷起袖子开始。

只是，啊，命运
要是你能把手露出来就好了。

螺旋形火焰

从前有那么多神祇
所以现在一个都没了。
独一无二的上帝垄断一切时
把我们都累坏了，因此我们没了神祇，都不信神。

然而，年轻人啊，有一种东西能赋予人生气。
有那样一个东西，使得我们热望顿生。
有热望时，就不当回事。
我在故我不思 [1]。
但一旦热望离去，我们没了神祇，充满遐思。

我们累坏了神祇，他们也累坏了我们。
那个苍白的神，充满了克制、痛苦和白色的爱
警告我们这些厌倦了克制和爱情、甚至厌倦了痛苦的人。
那个强大的神，以铁棒统治着宇宙
以铁棒、统治者和强人，彻底使我们厌弃。

---

[1] 原文为拉丁语，Sum, ergo non cogito。——译注

超智者使我们厌倦了智慧。

哭泣的神祇之母，为儿子而哭得伤心

使我们宁可没有女人，也不要让人哭泣。

而可怜的、临时替代的爱与美之女神阿佛洛狄忒

　　　从现代海边的泡沫中，身穿泳衣浮出

早已成功地扼杀了我们的所有欲望。

然而，年轻人啊，有一种东西能赋予人生气。

有一种天鹅般的火焰，缠绕着空间的中心

在原子的核心振翼

有一种螺旋形火焰的焰尖，把我们小小的原子舐成聚变

于是我们"砰"的一声，烧成勃勃的大火

以坚硬宽阔的火焰，把很多人熔炼成一个整体。

夜间的火柱啊，年轻人啊

旋转着、舞蹈着，恍如黑暗中起焰的火苗，超前于

　　　大众！

我们血脉中红脸的神祇啊，我们下体中火烧的神祇啊！

泛着涟漪的勇气硬火啊，热辣辣信仰的熔炼啊

当火焰抵达我们时，年轻人啊！

充满我们生命的火焰，也会舞蹈，也会把

　　房屋烧垮

连同所有的家具、所有繁复的装修

所有与家具和装修一起的人

以及那些坐在深深扶手椅中，经过布置的死人。

我的敌人

如果这是他或我的问题
那就打倒他!

如果他不同意我而反对我
如果他的存在、他的呼吸，都是我的毒药
如果他靠近我
那就打倒他!

打倒他
把他打倒在湮灭的坑中。
如果他离我远远的，也决不碰我
我就跟他没关系，他就不再是我的敌人。

下面

我们自以为是什么，但在下面
我们是别的东西
几乎什么都是。

在草和树的下面
在街道、房屋，甚至大海的下面
是岩石，而在岩石下面，岩石
是我们不知道之物
是地球滚烫、狂野的内核，重量不可想象。

灵魂的枢纽核心比铁重
笨重到中心的位置
比已知的任何物体都重、都热

而且也很独一。
——但息息相通到晕眩的地步
带着平衡的沉重而旋转
不可见地流动、喘息
流向呼吸的星星，以及所有阳光四射的中心。

地球把重量倚靠在太阳上，太阳倚靠在太阳的太阳上。

天平和电子的呼吸，去去来来，来来去去。

人类的灵魂也倚靠在，我们称之为宗教的那种无意识的倾向上
向着太阳的太阳，而初发的精力充沛的呼吸也是来来去去。

出自灵魂的中心，向着最中心的太阳，远而又远，要不就在
　　每一颗原子中。

灰暗的人群

当我看见那队，灰暗的人群
从小小的门道，滚滚流出
向城里流去，条条小河，汇成大溪
都是头戴常礼帽的男人，步履匆匆
队列中混杂着手拿皮夹的女人
匆匆步履，步履匆匆，腿迈得越来越快
害怕迟到，匆忙到卑贱的地步——
我就会充满羞耻。

他们的匆忙
如此
让人感到羞耻。

杀死钱吧

杀死钱吧，让钱不复存在。
这是一种乖张的本能，一种隐藏的思绪
它腐烂了大脑、血液、骨头、石头和灵魂。

对于这事，你要想好：
社会必须按另一种原则建立
而不是我们现在的原则。

我们必须有互相信任的勇气。
我们必须敢于过有节制的简朴生活。
人人都必须有免费的房子、食物和火
　　自由得像鸟一样。

男人不坏

男人自由时不坏
让他们坏的是监狱、是想赚钱的冲动。

假如能给他们松绑，不再过恐惧的谋生生活
世界就会丰富、充裕
他们就会开心地工作。

老人的怨恨

老人都想年轻，都已不年轻了
这很令人恼火，他们一见年轻人，心里就难受
就忍不住想恶意地唾弃他们。

老人自言自语：我们不想老去
不想中途让道，我们不想死
我们要顶住、顶住、顶住
要年轻人照看我们
直到他们也老去。我们比年轻人更强大。

我们精力更充沛，我们对生命更执着。
让我们欢欣鼓舞吧，让年轻人无精打采吧
就算他们青春也微不足道。
我们即使现在，也比年轻的年轻，让他们黯然失色。

说得对。
他们就是这么做的。
情况仍在继续。

美好的老年

老年应该是很可爱的
应该充满安宁，这安宁来自经历
和爬满皱纹的成熟完满。

来自一生之后，爬满皱纹的完满微笑
这一生过得大无畏，从未因普遍接受的谎言而酸蚀。
假如人们能生活着而不接受谎言
他们会像苹果一样成熟，会在老年时，像苹果一样
馥郁飘香。

人厌倦了爱情之后
应该是令人欣慰的老人，像苹果一样。
像发黄的树叶一样芬芳，颜色暗淡，带着秋天
柔软的静谧和满足。

少女应该说：
能活到老年，该是多么奇妙的事啊。
看看我的母亲，她多么富有，多么静！

少男应该想：哎呀呀
我父亲经历过各种天气，但他已度过了一生！

勇气

人们永不满足的原因
是他们接受谎言。

假如人们有勇气，敢于拒绝谎言
能察觉自己真实的感受和真正的意思
并据此采取行动

那他们就能从每一样体验中提炼出精油
就像秋季的榛子能终于
臻于完满而甜蜜。

老人中的年轻人
就会像处于九月的榛林
采摘榛果并收集，成熟经历的果子。

现在的情况却是，老人所能提供的
只是酸而又苦的果子，长满谎言的溃疡。

不

我知道我什么都不是。

生命已经消失，在我低低的水位线之下。

我意识到，我什么感觉都没有，哪怕在黎明也没有。

黎明来时，光彩熠熠，还是蓝的，而我说：多可爱啊！

但那是谎言，我感到那并不可爱，

那只是心里想的一句话，一句陈词滥调。

我的整个意识都是陈词滥调

而我只是一个不。

但我对此无能为力

只能承认，只能交给月亮。

据说这就是创造性的停顿

几乎是死亡的停顿，空荡荡的，几乎像死一样死。

而在这些可怕的停顿中，渐变发生。

也许情况就是这样。

悲剧已经结束，已经不再悲剧，最后的停顿就在我们身上。

停顿，兄弟们，停顿！

要给就给我们《底比斯战纪》

现代社会就像磨坊

把生命碾磨得极小。

上面是机器人阶级的磨石

下面是机器人大众的磨石

中间是最后的生者

已经被碾磨得小而又小。

离开吧，离开，有血有肉的人！

悄悄走掉，从磨石之间悄悄走掉

必须把你从中拔掉

藏在你自己那部狂野的《底比斯战纪》中。

磨石要碾磨，就让它继续碾磨，因为它停不下来，那就

　　　让它磨吧

最好没有碾磨物。

让它们上上下下地对磨，上层阶级机器人与

　　　下层阶级机器人对磨

磨得发热、磨得爆炸，就连磨石也会爆炸。

希腊人来了

海上的一座座小岛，在地平线上
突然不停地展现一种白色，一闪一烁，一卷一曲，
一阵冰雹
显示有人正在到来，一条条船扬帆，从海的边缘而来。

每一次都是船，都是船
是克诺索斯的船来了，来自早晨、来自海
是爱琴海的船来了，是蓄着古风犹存的尖胡子的男人
来了，来自东部。

但那是遥远的泡沫。
一艘远洋轮船东去，宛如一只小甲虫，在边缘上走动
留下了一道长线般的黑烟
宛如腥臭的气味。

在前面

远处，百合花像雕塑，形成白色的一排，立在家中的花园。
上帝啊，要是快快把花打碎就好了，牛群就会踩进土里。
要是开花的老树突然抬起身子，把屋墙
顶破，荨麻从养育我的壁炉中吐气而出就好了。

在由树木和未被亵渎的宁静所构成的静谧中，
房子一动不动地站着
父辈的房子，属于我、我的命运和使我受益的古老地方
既然天空在垮，世界涌出红尘之泉
我宁可献出灵魂，以一次性的伤害，
让家园和我一起坍塌，跟我一起出走。

战争和抽象的恶

战斗的噪声

小镇一直在
　　吼，像穴中受伤
可能会淹死的
野兽
　　与此同时，日子在兽穴之上
一浪浪地冲了过去。

不可见的悲痛，启封了
　　洪水，漫过了
所有界限：躺卧的古老
大城边吼边感到
　　池塘泛起泡沫的爪子
正从巨大无边的境界伸来。

此时，随着潮水涨起
　　它只能
倾听和听见冷酷的
波浪砸碎，仿佛惊雷，穿过
　　裂碎的大街，听见噪声
在此时空空地滚动。

轰炸

小镇对着太阳打开。
恍如一朵扁平的红色百合，开着百万花瓣
她展开，她松绑。

锋快的天空刮擦着
无数闪光的烟囱顶
烟囱对阳光轻轻嘘气。

来去匆匆的人顺着
邪恶花朵的迷宫跑去
他们要躲避什么？

一头暗鸟从太阳上落下。
匆忙跑向大花的心脏时，它
划了一道弧线：日子已经开始。

回去

夜缓缓地转动着身子
快速火车，灯光一闪而过
慢速火车偷偷地溜过。
这辆火车远行，它焦虑地连续打击。
但我不在这儿。
我在别处，在这转动的范围之外
在那儿，在数轴所在之地，在这整个轴承的
轴心。

我，坐着流泪的我
我，心为离别撕裂的我
不忍回想离别站台的我——
我的精神听见了

人声
炮声、飞机声、此在之声
以及超出一切之上的，绝对确定的沉默声
又是那个枢轴……

在那儿，在轴心那儿
痛苦、爱情或伤悲
乘着速度而睡眠，确定无疑
绝对松了一口气。

在那儿，在轴心那儿
时光又睡着了。
没有曾经一度，没有从此以后，只有已经完美了的
人之实存。

暗影

那我告诉你，究竟是怎么回事。——
射来一道劈开的光亮
恍若暗淡火焰之舌
在我体内摇曳。

因此我好像
依然拥有你，跟从前一样
和我寓于同一世界。

在一朵花的摇曳中
在一条盲目但却还在奋斗的虫子身体里
在一只停下来倾听的老鼠身体里
我们的影子
在闪烁，但却并不能剥夺
它们的闪光。

在每一块撼动的碎屑中
我都看见我们的影子在颤抖
好像它们手牵手，从我们身体里泛着涟漪逸出。

好像它们同为一体

同是一影，我们无须伪装

我们的黑暗：你明白吗？

我已经清楚地告诉了你，这是怎么回事。

1917 年的小镇

伦敦
曾一度身着辉煌的灯光
把围巾的边缘，投射在河上
一任流苏飘拂。

天上
一只双眼大钟，就像猫头鹰
曾一度庄严地赞许，敲响、敲响着
赞许，一头眼珠转动的家禽！

河上并无闪光
并无转动眼珠的家禽
圣斯蒂芬教堂也无声音
也没有灯光缀边的衣裙。

只有
黑暗和皮肤包裹的
舰队，匆忙的四肢
轻手轻脚的死人。

伦敦
与众不同地裹着
狼皮，所有发光的
衣裳都已消失。

伦敦，头发
像黑暗的森林，像灯芯草的
沼泽地，罗马人随之
闯入它的兽窟。

这很好
因为伦敦，这座男黑女暗的
突然降临的兽窟
已经打破了符咒。

战争婴儿

这孩子像一粒芥末籽
从死亡的谷壳中一滚而出
　　来到女人肥沃的、深不可测的膝头上。

看啊，它生根了！
看，它长得多么兴旺！
　　看，它站了起来，带着何等有魔力的玫瑰色的液汁！

至于我们的信仰，我们不知道
也不在乎的时候，它就在那里
　　从我们的壳子里掉下来，一粒匆忙的小种子。

说啊，这就是我们所需要的一切吗？
这小小的野草，会在我们睡着的时候
　　在天空中繁荣它的枝丫，这样说对吗？

到那天

到那天
我要把玫瑰放在玫瑰上，在你坟头
放无数朵白玫瑰：那是因为你的勇敢
　　是一道亮红的光线。

　　这样，从山谷路边岑树下
经过的人们，一抬眼
就能看到山上的坟墓，就会诧异
　　就会诧异着上去，把花一朵朵拿开：

　　看看是谁的荣誉
装饰了这儿，那么白，又那么血红。
他们跟着就会说："她早就死了
　　过了这么多天，谁还记得她呢？"

　　站在那儿
他们会想，你怎样走着你的路
并且没被他们注意到，一个安静的女王，
迷失在这俗世的迷宫中

迷宫中?

　　一个女王,他们会说
在一座被遗忘的山峦躺着,无人注意。
继续熟睡,无人知晓,无人注意,直到
　　我叛变的日子初露晨曦。

和平与战争

一些爱说爱好和平的人，总在制造战争。
一听人大声说爱好和平，就让人发抖，比战争呐喊更甚。
干吗爱好和平？制造战争时显然就很恶毒。

一大声为和平作宣传，就令战争迫在眉睫。
它是一种形式的战争，甚至是盲目自信，代替他人装聪明。

要耍聪明就自己耍去。再说
谁都是偶尔才显露智慧，如结婚或死亡。

时刻都很有智慧是很无趣的，好似参加永久的葬礼。
每天给我一个异想天开的人，最好他在生活中没有任何目的
这样就不会有战争，也就毋须谈论和平。

你想为什么奋斗？

我不确定，我是否会，永远为我的生命奋斗。
生命也许不值得为之奋斗。

我不确定，我是否会，永远为老婆奋斗。
老婆并不总是值得我为之奋斗。

孩子、国家、同胞，也都不值得我为之奋斗。
一切取决于，我是否认为他们值得我奋斗。

人们一贯奋斗的目标
就是他们那点钱，但我怀疑我是否，会为钱而奋斗，
反正不会为之
　　流血而又流汗。

但有一事，我愿为之奋斗，时时刻刻都会，
全力以赴地奋斗。
那就是我内心那点平静，能与我合为一体。

我必须说，我常一败涂地。

贫穷

我的贫穷淑女，我听人谈起的唯一的人
就是富人，或自以为富有的人。
圣方济各本人就很富有，而且是个被宠坏的青年。

我生于工人阶级之中
我知道，一旦你捉襟见肘，陷入拮据
贫穷就是丑老太婆，就是妖怪
谁不这么认为，谁就是在撒谎。

我不想贫穷，穷则捉襟见肘。
但我也不想富有。
我看着海边悬崖上长出，羽毛一样伸出的
这株松树时
就能看见，它有着自然的富足。

它能以根须紧紧攫住，每日食用的面包
每片羽毛，看着像个绿色杯子，片片向着太阳和空气举起
充满了葡萄酒汁。

我也想像这样，也想有自然的富足
叶片一样伸出，壮观而辉煌。

我们死在一起

我一想到上百万打工的人，一看见其中某些人啊
我就感到沉重，比棺材铅制的接缝还沉重
我就几乎不存在了，重得我濒于绝境
堕入忧郁症，几乎把我抹去。

这时我就会对自己说：我是不是也死了？真的吗？
这时我就知道
既然那么多死人还在工厂干活
那我也差不多死了。
我知道，没有要死不活的工厂帮工，要死不活的上百万的人
把我也弄得要死不活，令我也活成了死人。
我跟他们一起，都是机器边的机械奴隶，活活地在等死。
裹在成百万打工者的浩瀚尸体中
镶嵌在他们里面，我遥望南方的阳光。

尽管窗外的石榴树开了红花
下午太阳下，夹竹桃热辣辣地散发着香气

而我是先生[1]，这儿的人都爱我
但我还在利兹的一家工厂打工
而黑区[2]的死亡又向我袭来
而我被裹进了棺材接缝灌的铅中，裹进了男同胞的
　　活死亡中。

[1] 原文为意大利语"Il Signore"。——译注
[2] 英文是 Black Country，英格兰中部以 Birmingham 为中心的大工业区，过去以烟雾弥漫、肮脏不堪著称。——译注

玩过了的游戏

成功是玩过了的游戏，成功、成功！
你成功了还能得到什么呢？

年轻人早就对成功不感任何兴趣。
现在，只有三流货色才急吼吼地想成功。

总想超过别人！谁在乎呢？——
总想超过他们！——超过什么？超过谁呢？真是的！

我们可怜的爹地上去了
然后就再也下不来了。

要是我们能使生活稍微公正一些
大家都能和睦相处，而不是一天到晚想上
上去就再也下不来了，那有多好。

太阳贵族

要想成为太阳贵族
你不需要社会地位比你低的人抬高你
你从太阳那儿直接获取贵族身份
别的人想怎样，就让他们怎样。

我来自太阳
我就是那样
别人不可能把我度量。

也许，假如我们从一开始就做得对，所有的孩子就可
能长得阳光
　　　长成太阳贵族。
我们不需要死人、不需要钱奴、不需要社会蛀虫。

中产阶级

中产阶级
是没有太阳的。

他们只有两种量度：
人和钱。
他们跟太阳绝对没有关系。

你一让别人量度你
你就成了中产阶级，基本上没有了实存。

因为，假如中产阶级没有穷人作为其傲视的对象
他们自己立刻就崩溃了，成为低等阶级。

假如他们没有上层阶级供其仰视
他们也就形同如无。
他们的所谓居中，不过是两种现实中的一种非现实。

没有太阳，没有地球
没有能超越居中资产阶级的任何东西
银行一倒闭，中产阶级就比
纸币还无意义。

游客

再也没有什么可看的了
一切早就被看死了。

寻找真理

什么也不要找，不要再找
除了真理之外。
必须绝对静下来，努力去寻找真理。

要问你的第一个问题就是：
我有多会说谎？

出路

解决财产问题的唯一方式
就是不再对其感兴趣，而对别的事物感兴趣
到这样一种地步，财产问题就会得到自行解决。

谋杀武器

枪炮和强力炸药
都是恶、恶
能让不可见的人死
这完全是谋杀。

最具谋杀力的武器
是毒气和空气弹
那是升级的恶。

离开

有些人必须站起来，离开
离开恶，否则一切就会失落。

许多恶人的恶毒意志
会造成恶毒的世界灵魂，其目的
是把世界削为灰色尘埃。
车轮是恶
机器是恶
赚钱的意志是恶。

所有形式的抽象都是恶：
金融是大恶的抽象
科学已成为恶的抽象
教育是恶的抽象。

爵士乐、电影和无线电
都是背离生活的恶的抽象。

而现在，政治也是背离生活的恶的抽象。

恶上了人身，恶攫住了我们。

人必须离开恶，否则一切都会失落。

我们必须营造一座坚不可摧的小岛

　　来抗恶。

崇高的英国人

我认识一个崇高的英国人
他很肯定他是绅士
那种人——

这个年轻的绅士
非常正常，与英国人的气质相符
十分骄傲，有点像唐璜
你知道的——

但他的一个可爱的人，看上去有点消瘦
跟他那桩特殊的情事也差不多到了头
说：罗纳德，知道吗，很像大多数英国人
从本能上讲，他喜欢鸡奸
但他不敢体验
就拿女人泄欲。

算了吧，我说。那个所谓的罗纳德·唐璜！
——就是啊，她说。唐璜是另一个人，他爱上了
　　他自己

却拿女人泄欲。——

就连这也算不上是鸡奸，我说。
但男人要是爱上了自己，那不是最糟糕的同性恋形式？
她说。

男人要是爱上了自己，你不知道，他们会怎样
　　　向女人发泄恶气
还假装爱着她们。
罗纳德，她接着说，并不喜欢女人，他只是强烈地厌恶
　　　她们。
他也许会喜欢男人，如果不是太害怕、不是
　　　太自私。
因此他很聪明地折磨女人，以他那种爱情。
他本能地聪明得不行。
他还能温柔到柔温的地步
示爱时那么细腻。
即使现在，一想到这我就大惑不解：温柔到那种地步！
但我知道，他是有意这么做的，小心而蓄意
　　　就像他刮他自己的胡子。
不仅如此，他还要女人感到，他是在为她服务
真正地为服务她而活着，服务她

超过了从前任何男人服务她的程度。

突然，她感觉一切都很可爱的时候
突然，她脚下的地面垮塌了，她一下子
　　扑了个空
情况十分恐怖，好像你的心都要被揪出去——
他站在一边旁观，带着傲气十足的神情咧嘴笑着
仿佛某个下流的、恶意的小男孩。
——不，别跟我谈什么英国男人的爱了！

逃

我们从自我的玻璃瓶里脱身而出
从个性的牢笼中像松鼠一样逃出
重新逃进森林时
会冷得发抖、怕得发怵
但事情就会发生
以致我们不再认识自己。

清凉、无谎的生命会冲进来
热情会使我们肉体绷紧了力量
我们将重新发力跺脚
衰老的事物将崩塌
我们将大笑，制度将卷起角来，像燃烧的纸。

我读莎士比亚时

我读莎士比亚时，总是十分惊奇
如此猥琐的人，竟然会以如此可爱的语言
沉思默想，令人如雷贯耳。

李尔王这个老朽会让你想，他的几个女儿
为何不更厉害地虐待他
这头红嘴山鸦、这个乡巴佬！

而哈姆莱特这人，跟他一起生活有多无趣
太刻薄、太自我意识，慷慨陈词，奇妙无比
振振有词地批评别人生活糜烂！

还有麦克白和麦克白女士，她本来应该去做家务事
却那么野心勃勃，那么跃跃欲试
想对邓肯白刀子进，红刀子出，杀他个一塌糊涂！

莎士比亚笔下的人物有多无聊、多么小！
文字却那么可爱！像煤焦油中提炼的染料。

不！劳伦斯先生！

不，劳伦斯先生，事情不是那样！
跟你说也没关系
对爱情我也略知一二
或许比你更多。

我知道的是，你把它弄得
太好、太美。
不是那样的，知道吗？你是装出来的。
其实相当无聊。

永不失败的死亡

孩提时代的不谐和音

屋外有棵灰树，上面挂着恐怖的鞭子，
一到夜里风起，树就甩起鞭子，
尖声号叫，猛砍着风，仿佛风暴中
船上的怪异索具，发出的恶声尖啸。

屋内有两个声音在提高嗓门，细声细气的鞭击，
是女声狂怒的呼啸，而男声的恐怖音调，
像皮鞭一样轰隆、伤人，硬把另一个声音
淹没在血液的沉默之中、灰树的噪声之下。

赤脚跑的婴儿

婴儿的白脚"啪嗒啪嗒",从草地上跑过时
小小的白脚一上一下,像白花在风中点头,
停停又跑起来,仿佛阵风,吹过
水草稀疏的水面。

而她的白脚在草丛中戏耍的样子
好迷人,就像知更鸟的歌声,那么飘逸
又像两只蝴蝶,在玻璃杯上
停留片刻,仿佛轻柔的小翅膀扇翅低语。

而我在想,要是婴儿跑到我这儿来就好了
就像池塘水面上的风影在跑,这样,她就能站在
我膝头,以她两只光光的小白脚
我就能用双手抚摸她的足。

凉爽如紫丁香的花蕾,在清早的时辰,
又像嫩芍药一样坚实而丝滑。

母亲独白

这是一切之中的最后，那么，这就是最后！
我必须交叠双手，必须把脸转向火，
看着我死去的日子熔铸在一起，熔成糟粕，
往昔的一幕又一幕，一个形体又一个形体，
在沉沦的火焰中，凝结成一个死块，
将灭的煤灰迅速地生长，仿佛沉甸甸的青苔。

他好怪，我儿子，我等着他，就像情侣，
我觉得好怪，就像外国的战俘，在国界内
出没，凝望远方，风来去自由的地方，
苍白而又憔悴，渴望的眼神永远都在
距离上徘徊，仿佛他的灵魂在唱圣歌，
一支离我而去的单调的怪曲。

就像一头白鸟，被风从北边海域吹出，
就像一头来自遥远北方的白鸟，被吹断了一根翅膀，
吹进了我们煤烟熏黑的花园，他拖地而行，他不停地
在栅栏上拍打着翅膀，想让我
放他走掉，让我松掉我的爱情之手，他攀缘而上，需要

他的幸福，而他却很不高兴地撤退了。

我必须别开目光，不看他，我模糊的眼睛
就像一头瑟缩的狗，跟着他的脚踵，令他厌恶，
就像一头无牙的猎犬，带着我的意志，追他而去，
直到他被激怒，烦我这么卑躬屈膝地执着，他突然皱眉，
我的灵魂便火花飞溅，锐利刺眼，
他却转身，退缩而去，我的心猛地停住。

这是最后一次了，再也不会这样了。
我一生都自己担着这副担子。
漫长的岁月，坐在丈夫的屋里，我一直都如此。
当他关上门时我从来都没对自己说过：
"我被活捉了！你失落得毫无希望，啊，自我！
你高兴得害怕，我的心，像一头惊恐的老鼠。"

我主动了三次，三次都被拒。
不会再有这样一次了。不会了，儿子，我的儿子！——
再也不可能得知，顺从时那种欣喜自在的感觉了，
因为很久以前，
孩提时代的天使，吻了我后就走了！我期望
这最后一次收复我——可现在，儿子，啊，我的儿子

我必须独坐、等待、永远也不知道
我自己的失落，直到死亡来临，永远也不会失败的死亡。

死亡会夺我而去，它提供的服务不存在欢乐
上帝的嘴唇和眼睛，藏在轻纱背后。
一想起天父没有张开嘴唇就发出的声音，我就发抖，
感到恐惧，心里就充满欲望的泪水，
我的心就痛苦地反叛，这时，夜已越来越近了。

学校下雪天

学校所有那些漫长的小时，围绕着课堂不规则的嘈杂声
都把嘶哑沉默的无可量度的空间，挤压在一起
捂住了我的大脑，就像雪把沿脏街而过的
声音捂住一样。我们一刻不停，叽叽喳喳地朗读着课文——

但在若有所思的黄光中，男孩子们的脸
在我看来，一直都像一组茫然的星座
就像被风吹得半翻的花朵，在夜里暗淡地摇晃
就像月下退潮的海滩上，半睁半闭时看见的泡沫。

每一张脸，都被奇怪而黑暗的光芒照射，令人不安
在每朵花开放的深处，都有黑暗、不安的水滴
在喧嚣的白沫的耳语中，两只水泡的挑战和神秘。
——我如何回应那么多眼睛的挑战？

厚雪在屋顶崩塌，可怕地
往下突降！——我必须叫回一百只眼睛吗？—— 一个声音
支吾着陈述了一句，说出了一个抽象名词——
我问了什么问题？——上帝啊，我必须打破这发出沙沙声

传到星星那边去的嘶哑的沉默吗？——喏！——
我震惊了一百只眼睛，而现在，我必须把答案
反馈到他们那儿去，这真让我受不了。

雪下下来了，仿佛缓慢的天空在往下
摇晃着一片片的影子，与此同时，一只黑色的秃鼻乌鸦
从学校之间的空隙一扫而过。

操场上，立着一个很不整洁的雪人，大而静
美好的雪花落在它身上。远处，小镇
在天空弄静、罩着阴影的沉默中沉落。

所有的一切也都无声，它们都能在暗淡
而嘶哑的沉默中单独地沉思。
只有我必须和这个班争执，这种工作像背着大十字架，
真苦！

钢琴

黄昏中，柔声的，一个女人在对我歌唱
带我走下岁月的林荫道，直到我看见
一个孩子坐在钢琴下，在琴弦叮咚的轰鸣声中
用手去按母亲抬起的脚，母亲边唱歌，边微笑。

我情不自禁，歌声中隐伏的娴熟
带我回返，直到我的心哭泣着，又属于
旧时家中礼拜日的晚上，外面是冬天
属于舒适客厅中的赞美诗，叮咚作响的钢琴
就是我们的指引。

此时，歌手伴随热情的黑色大钢琴
喧哗地大唱已属枉然。儿时的
魅力又回到心里，洪水般的记忆
把我的男性气概冲垮，我为过去而哭泣。

死亡之影

大地又像船一样，冒着蒸汽从黑暗的海中出现
在蓝色的边缘之上，而太阳站立起来，看见我们慢慢地
滑入了另一天，黑暗漫游的船
慢慢地接住了涨起的潮水。

我站在甲板上，为这个黎明而惊讶，它面对着
我，我惊异地从黑暗中冒出，剥光了衣服
在阳光中感到畏缩，我们的一天又一天在无声的夜晚
被船运走，我们因在这样的夜晚出没而被出卖。

我感到自己黎明不起来，白天的光线在我身上嬉戏
我，本质是阴影的人，我，整个都被
夜的材料夯实，发现自己完全错误地
置身于芸芸众物，在拥挤而痛苦的阳光中。

我，夜在我唇上，我，凭生着死亡的沉默叹气
即使石头喊叫，说我不真，即使云
　　照亮我，嫌我空洞无物
一个不如雨的我，我也不在乎！

难道我不知道它们之中的黑暗？它们除了是裹尸布

　　还会是什么？

云从天上下来，带着富足和闲适

把鄙夷的影子投在我身上，嫌我分享了死亡，但我

在云中完全招架得住，黑暗的蔑视

整整一天，去浇灭我在轻风上举起的影子。

是的，尽管这云取走了我的自由

享受着一掠而过的飞行，尽管爱已死

我在这儿还不是无家可归，我在黑暗的白天

还有一座帐篷，她正睡在里面完美无缺的床上。

疼痛之后，婴儿睡着了

就像一只淹死的蜜蜂

从压弯的花枝上，麻木而沉重地垂挂

　　我的婴儿

也这样紧搂着我，她棕色的头发刷过泪水

　　紧贴着脸蛋

她柔软的白腿重重地挂在我膀子上

　　随着我的走动而摆来摆去，我疼痛之后

感到疲软无力。我熟睡的婴儿挂在我的生命上

　　她像一副担子，压在我身上

一向都似乎那么轻飘的她

　　此时湿湿的都是泪水，而疼痛沉重地挂着

　　就连她漂浮的头发都重重地下沉

　　　　向下伸去

就像一只淹死的蜜蜂的翅膀

　　是沉重的感觉，是疲倦的感觉

感觉会不会很怪——

护士把新生儿抱到骄傲的父亲面前，把他淡绿色的小脚
生来就能击水的小脚，亮给他看时，这感觉会不会很怪？

或让他看那双从无底的天空和大海向外盯视
野鹅般野性、生动的圆眼时
这感觉会不会很怪？
或当婴儿像要停在浮冰、飞鸣着越过尼罗河
放出那声无畏的小小鸟叫时，这感觉会不会很怪？

而当父亲说：这不是我的孩子！
女人，你从哪儿弄来的这头小兽时
空中会否响起翅膀的哨声，刮过一阵冰凉的气流？
高而又高处，肉眼不可见的天鹅的歌声
会否震碎他的耳鼓
要他永远倾听着等待回复？

与死亡订婚

月亮碎成两半，我那边的
半个月亮，躺在天空低矮、静谧的地板上
另一半破碎的誓言的钱币
掩埋在黑暗中，死者都在那儿躺着。

他们把她抬走时，只把她往坟里埋了一半
把她轻轻地推走，藏在密密的头发中
头发在那儿向辫子聚拢，就在最后的那一天
仿佛不发光的月亮，它必须还在那儿发光。

就这样，一半在天上躺着，大体上标志着
与死亡的婚约，那是我们必须恪守的誓言
把破碎的边缘转向黑暗，它的闪光
像破碎的爱一样结束，转向睡眠的黑暗。

还有一半躺在黑暗中，死者都在那儿失落地
躺着，但依然紧密相连，在碎成两半的月亮之间
奇异的光仍在旅行，我感到，在我的心底下
我被半个月亮照亮，发出怪怪的蓝光。

二十年前

环绕房屋周围的，都是丁香和草莓
小马驹的脚，在小道上闪亮
远处，在沙丘上，露莓
　　从大海长长的刈痕中捕捉了灰尘。

顺着无树的原野，林木在散步
　　坚果从林木的头发中坠落。
大门边，挂着网子，阻挡着
　　野兔星光照耀的冲刺。

秋天的田野上，断茬
　　叮当地奏着拾穗的音乐。
母亲的膝边，麻烦
　　失去了全部的意义。

是啊，这一悲愁的结局
　　有着多么好的开始！
我们难道从没有过大显身手的机会吗？
　　但愿不是如此！

怀旧

弦月仰脸看着，这个灰色的夜
坡形地绕着天穹，一只平滑的弯弧
在轻松地航行。奇怪的红色灯芯
能显示，海船在何处驶出了视线。

我能通过触摸感知这地方，我即生于这儿的
同一种黑暗，但下面阴影重重的房子
却不许外人进入，只有旧鬼知道
我来过，我能感到它们呜咽着欢迎、呜咽着哀悼。

父亲在收获玉米时突然去世
那地方就不再属于我们。我注视，我听不见
来自陌生人的任何声音，那地方黑暗，而恐惧
打开了我的眼睛，直到我视觉的根部，好像被扯出。

我不能走向那屋、不能走近那门了吗？
我和众鬼一起哀悼，在车棚的暗影里
萎缩。我们不能永远再在边上
盘旋，永远不能再进屋了吗？

再也不可能挽回了吗？我真的不能穿过

场院敞开的那条路了吗？我不能经过

并穿过棚子，来到堆放刈草的地方吗？——只有睡在

床上的死人

才知道，事实就是如此地恐惧和痛苦。

我吻了吻石头，我吻了吻墙上的青苔

要是我能像怀孕了一样走进那地方多好。

要是我能最后一次拥抱这一切多好。

要是我能以我的胸脯抹灭这一切多好。

死去的男人

啊，严厉而冷淡的男人，
我用哭泣的水洗你时，
你怎能那么无情而僵硬地躺着！
你是冲着生命的女儿而
板着脸吗？你难道不能收回
你简短、傲慢的禁令吗？

你这个假冒者！
你怎能对我表演得这么麻木不仁
而一点也不感到羞愧？
你终于要让
我心碎，我啊！
你这个逃避者！

你知道你的嘴
甚至总比你的眼
软得更快。
现在它闭上了，无情地
躺着，尽管我经常

在干旱中吻它。

它没有呼吸

也丝毫放松不下来。在哪，

你在哪，你干了什么？

这石头的嘴是什么？

你怎么竟敢

借死亡做掩护！

你曾一度看见

白色的月亮闪光，仿佛一只乳房，在星星的

围巾滑脱时露出。

看见小星星在颤抖，

这时，星星下面的心脏

在收缩、在膨胀。

所有可爱的宇宙

都曾一度是你的女人，

是你新郎的新娘。

未开花的树

倚着你雪白的

胸脯。

而永永远远
都像入夏的树一样柔软
从天空展开，为了你好，
展开的女体：
让你像树一样脱皮，
让树上的花谢落到河上。

我看见你把眉头
锁起，仿佛幽暗大海边的岩石，
我把灵魂谢落进你的思绪
像花朵坠落，在舒服的池塘里
被活捉，像离开
花枝的花。

啊，假冒者，
坚硬的脸好像上了一层白釉，
你现在成什么了？
我的心被束缚，
难道你现在再也不在乎了？
逃避者！

说到底，这是你吗？

那么金属，那么顽固，

心肠都像钢铁做的。

难道你从来都没有感觉？——

寒凉、毫无生气，

像座机器！

哦，不！——变幻无穷的你，

我曾爱过的你，奇妙无比的你，

一明一暗的你，

你曾经是多个男人的组合，

但从来都不是这个归零

从来都不像这样不暖！

难道你加起来就是这样的总和？

难道这一切都是零的纪录？

寒凉、金属般的寒凉？

难道你全部算在一起

就是这儿的一堆铁物？

你要成为的难道就是这吗？

呼唤死亡

自从我失去了你，亲爱的，天空变得更近了
我是天空的一部分，小而尖的星星，也离得相当近
星星中走动的白月，恍若雪莓中的一头白鸟
她在空中温柔的窸窣声，就像我听见的一头鸟。

我现在很愿意，到你身边去，我亲爱的
就像一只鸽子，把自己从大教堂的穹顶放飞
失落在天空的雾霾中，我很想去
跟你一起从视线中消失，恍如一片消融的泡沫。

我累了，亲爱的。假如我能抬起双脚
我执着的双脚，离开大地的穹顶
像呼出的气息一样，落在呼吸的风中
在你失落的地方，那我就能休息得很好，亲爱的，休
息得多好！

丧钟

树来来去去地摇晃着，来来去去凄惨地摇晃着
　　　你说什么，亲爱的？
雨水擦伤的树叶突然被撼动，就像一个睡着的
孩子，在啜泣的紧握中颤抖起来——
　　　是的，我爱，我听见了。

铃声孤独的一响，只响了一声，暴风摇撼的下午鼓起
了勇气
　　　干吗不让铃响？
玫瑰听见时俯身朝下，流着心血的嫩花
柔花和着脉动而落下——
　　　是个小东西！

一头湿漉漉的鸟在草地上走，喊着男孩回来看
　　　是的，现在已经结束了。
喊他走出沉默，喊他来看
八哥摇头，在草上走——
　　　哎，谁知道是怎么回事？

他看不见它，我也不可能亮给他看，它颤抖得多么厉害
　　别惊动它，亲爱的——
它走动的脑袋：我永远也无法把它叫到身边来
永远也不可能，无论发生什么，他都不存在
　　不，看看那头湿漉漉的八哥吧！

攻击

我们从林中走出时
光好亮!
夜站了起来
身着白色。

我诧异,我环视
太美了。地上亮亮的
残株
闪着白光。

恍如雪地
但夜的呼吸,在追逐,微弱
而暖和,的确从我
脸上拂过!

夜长着白色的肉体,也很有暖意
飘来香气,存在喉里
夜色白,夜色亮
给了我苍白一击。

整个乏味的身体在脉动
它是我和这个
仍在逃逸的脉搏
仍未完成逃逸。

面对可怕的震怒，面对死亡
这奇迹站立着发光！
奇迹的各种形状，大气都不敢出
连倾听都半途而止

沉入心醉神迷
这整个白色的夜！ ——
奇迹之下，一株株黑树
倏地开花了。

我看见这变形
和眼前这东道主。
这发光幽灵的
形变。

活

唯一的活法，就是彻底地活。

不能心里悄悄地让恐惧压着，不能让人用这样的话威逼：

"不赚钱，就去啃泥地！"

不能违心地去干亏心事。

不能当守财奴，以为守，就安全。

不能一有人走近，就怀疑人家要伤害你。

否则，你没法彻底地活。

不互相信任，就没法活。

最后就会疯掉。

疯掉，就是恐惧和亏心对人的惩罚，因违心而亏心。

活，就得感受一种慷慨的流动。

生活在竞争制度下，就没法这么活。

世界正等待一种新慷慨运动的到来。

否则，只有等死，任死亡大潮席卷。

我们必须改变现行制度，让所有的人都能自由地活着。

否则，我们只好眼巴巴看着大家死去，看着自己死去。

坚忍

呻吟，那就呻吟吧。
太阳已死，空中的一切
都是冒火气体的柴堆。

而如此堂皇地行走
晃动着闪烁光芒的月亮
也死了，每月绕着公园转动的死亡的天体。

而其他五个天体、行者
它们都死了！
在夜晚的灵车中，你能看见它们污渍的棺椁
行走、仍在行走、仍在行走
走向终点，因为尚未埋葬。

呻吟，那就呻吟吧！
那就呻吟吧，因为即使处女地
也死了，我们的轮子都在她的尸体上滚。

呻吟吧

好好地呻吟！

但尽管如此，尽管如此
"在你生命的中心，不要呻吟。"
在你生命的中心，不要呻吟，绝不要呻吟。
也许，最大的幻象
就是未死者之死的幻象。

死亡之船

1

此时是秋天，果落时分
是走向湮灭的漫长旅程。

苹果一只只在落，宛若大滴大滴的露水
把自己擦伤，替自己寻找下场。

该走的时候到了，该向自我告别，
替已堕落的自我
寻找出路。

2

你打造了你的死亡之船没有，打造了没有？
哦，把死亡之船打造起来吧，这是你需要的。

狰狞的霜就在手边，一个个苹果会在这时，密密麻麻地掉落，声如轻雷，落在冻硬的土上。

空中有死亡的气味，颇似灰尘的味道！
啊！你难道闻不出来？
而在瘀青的肉体，受惊的灵魂
发现自己在退缩，似乎畏冷
寒冷穿过所有孔穴在往它身上吹。

3

人是否能以锥子
来偿清自己？

以匕首、以锥子、以子弹，人可以
造成瘀青，也可以为他的生命找到出口
但那是偿清吗？告诉我吧，那是偿清吗？

肯定不是！谋杀，哪怕是自我谋杀
怎么能够偿清呢？

4

让我们谈谈我们知道、也能知道
的安静吧，强大的心处于平静时
那种深沉而又可爱的安静！

我们怎么能办到这一点，把我们自己偿清？

5

那就打造一艘死亡之船吧，因为你必须走
完最长的旅程，才能走向湮灭。

然后把死死掉，漫长而痛苦的死
它在旧自我和新自我之间横亘。

我们的肉体已经倒下、瘀青、瘀青得厉害
我们的灵魂穿过残酷瘀青的出口
在渗出。

终点的黑暗和无终的海洋

正穿过我们伤口的裂口而冲洗
洪水已经上了我们身。

噢，打造你的死亡之船、你的小小方舟吧
带上食品、小蛋糕和葡萄酒
为了向湮灭的黑暗逃逸。

6

肉体一点点死去，胆怯灵魂
的立场，随着黑潮的涌起而冲垮。

我们要死了，我们要死了，我们所有的人都要死了
心中涌起的死亡之潮，没有什么可以挡住
很快，这潮水就会涌上世界，涌上外面的世界。

我们要死了，我们要死了，我们的肉体一点点死去
我们的力量在离开我们
我们的灵魂在赤裸地畏缩，在洪水之上的黑雨中
在我们生命之树的最后枝叶中畏缩。

7

我们要死了，我们要死了，因此，我们能做的只是
甘心情愿地去死，打造一艘死亡
之船，带着灵魂去最漫长的旅程。

一条小船，带着船桨和食物
和小盘小碟，以及所有的
装备，准备让灵魂离去。

现在把小船放下水吧，随着肉体死亡
生命离去，下水吧，脆弱的灵魂
在脆弱的勇气之船，信仰的方舟
载着储存的食物和小小的炊事器皿
以及替换衣服
乘着洪水的黑色污垢
乘着终点之水
乘着死亡之海，我们在那儿黑暗地
航行，因为我们不会掌舵，也没有港口停泊。

其实没有港口，没有任何地方可去
只有深深的黑色越来越暗

在无声、也无汩汩声响的洪水上更黑

黑暗与黑暗打成一片，上上下下

左左右右，全部都是黑的，因此再也没有方向了

而小船还在那儿，但她已经走了。

没人看见她，不能通过任何物体看见她。

她走了！走了！但

她还在某处。

哪儿都不在!

8

什么都走了，肉体走了

完全下去了，走了，整个儿走了。

上面的黑暗跟下面的黑暗一样沉重

它们之间的小船

已经走了。

这是终点，这是湮灭。

9

然而，从永恒中，有一条线
把自己与黑色分开
一条水平线
在黑暗中与苍白色发生了一点点熔合。

这是幻象吗？那苍白色是否熔合
得更高一点呢？
啊，等等，黎明就在那儿了
从湮灭中出来
重回人生的残酷黎明。

等等，小船
漂流，在黎明死灰色的洪水
下面。

等等！即使如此，黄色的冲洗
而且奇异，噢，寒心的病态的灵魂，玫瑰的冲洗。

玫瑰的冲洗，于是，整件事情重又开始。

10

洪水退去，而肉体，像憔悴的贝壳
复又出现，奇妙而可爱
小船振翼回家，在粉色的洪水上
蹒跚而失效
羸弱的灵魂再度步入房里
以平静去充满心脏。

心摇摇晃晃，重又开始，带着平静
甚至是湮灭的平静。

噢，打造你的死亡之船。噢，打造吧！
因为你是需要的。
因为湮灭之航程在等待你。

诸灵节 ¹

沿着柏树大道

唱诗班的歌手吟诵着，人们都穿猩红色的大氅

和白色袈裟，全是亚麻布的

穿黑金两色的牧师，还有一个个村民……

所有的人都沿路来到墓地

男人们圆圆的黑脑袋，一声不响地挤着

而女人披黑纱的脸，愁闷地

看着死亡的旗帜，以及这神秘的气氛。

在一座坟墓边，一位父亲的头沉了下去

站在那里，他交叠的双手，已被他自己忘记

在一座坟墓边，一位母亲跪着

苍白的脸已关闭，她听不见也感觉不到

吟诵的唱诗班歌手都来了

在松柏夹道的路上走

以及许多村民的沉默

和白色袈裟旁边的烛火。

---

¹ 原文为意大利语 Giorno dei Morti，亡灵节。——译注

图书在版编目（CIP）数据

海水摇曳成火：劳伦斯诗歌精选集 /（英）D. H. 劳伦斯著；（澳）欧阳昱译. — 成都：四川文艺出版社，2019.10

（生于1880年代：我的爱与悲壮）

ISBN 978-7-5411-5504-8

Ⅰ.①海… Ⅱ.①D… ②欧… Ⅲ.①诗集－英国－近代 Ⅳ.①I561.24

中国版本图书馆CIP数据核字（2019）第200490号

HAISHUI YAOYE CHENGHUO：LAOLUNSI SHIGE JINGXUANJI

海水摇曳成火：劳伦斯诗歌精选集

［英］D. H. 劳伦斯　著　　［澳］欧阳昱　译

责任编辑　邓　敏
特约监制　里　所
特邀编辑　李柳杨
装帧设计　周伟伟
版式制作　书情文化
责任校对　汪　平

出版发行　四川文艺出版社（成都市槐树街2号）
网　　址　www.scwys.com
电　　话　028-86259287（发行部）　　028-86259303（编辑部）
传　　真　028-86259306

邮购地址　成都市槐树街2号四川文艺出版社邮购部　610031
印　　刷　河北鹏润印刷有限公司
成品尺寸　130mm×198mm　　　　开　　本　32开
印　　张　13　　　　　　　　　　字　　数　260千字
版　　次　2019年10月第一版　　　印　　次　2019年10月第一次印刷
书　　号　ISBN 978-7-5411-5504-8
定　　价　256.00元（全三册）

生于1880年代：我的爱与悲壮

《海水摇曳成火：劳伦斯诗歌精选集》

［英］D.H.劳伦斯 著 ［澳］欧阳昱 译

《悲伤时想起你：石川啄木精选诗集》

［日］石川啄木 著 周作人 译

《我渴望玫瑰：阿赫玛托娃诗歌精选集》

［俄罗斯］安娜·阿赫玛托娃 著 伊沙 老G 译

磨 铁 读 诗 会